Galel

Fanny Desarzens

Galel

Éditions Slatkine
GENÈVE
2022

Ce matin le ciel est apparu très lourd. De longues traînées bleues et grises étaient suspendues là-haut et c'était comme un grand miroir de ce qu'il y avait au-dessous. Parce que dans le dessous c'est bleu et gris, sauf si on descend encore. Si on descend il y a le vert de l'herbe et des buissons et des aiguilles des arbres, avec un peu le brun des écorces. Mais sinon c'est bleu et gris, mais c'est tous les bleus et tous les gris qui sont là. On pourrait dire que c'est un paysage un peu désolé. Mais il semble éclore tandis que le ciel se dégage lentement. Ça scintille. C'est le grand soleil qui jaillit. Et il s'étale tout entier dans la vallée. À ce moment-là ils sont dehors depuis un moment déjà. C'est un cortège de gens qui sont les uns derrière les autres. Certains avancent côte à côte et ils parlent ensemble. Leurs voix font un petit bruit dans toute l'étendue, leurs voix parcourent l'endroit où ils se trouvent. Ils sont douze et il y en a un treizième qui est plus devant. Tous, ils vont d'un bon pas et celui qui est devant marche mieux que tous les autres. C'est comme si les douze pieds. Ils s'ébranlent au rythme de leur pas. Certains se retournent pour voir tout ce qu'ils ont déjà fait. Et puis ils regardent tout ce qui reste. Ils ne se sont arrêtés qu'un instant mais ça a semblé long. Ils se disent : ça n'en finit pas. Alors ils font un effort pour se remettre dedans, dans la pente. Ils se jettent en avant. Ils s'abattent dans le mouvement. Ils rattrapent les autres qui, eux, n'ont pas cessé de continuer. Les uns derrière les autres, ils grimpent. Ceux qui sont les plus lents sont devant, ceux qui sont les plus rapides ferment la marche. Mais tout devant encore, celui qui marche mieux que tous les autres. Lui il ne s'arrête jamais, parfois simplement il se retourne pour voir si on le suit bien. Des fois on le voit qui rebrousse chemin, il va tout derrière. Il court à la fin du cortège et il encourage ceux qui peinent, ceux qui en ont marre. Après il remonte pour reprendre la tête de la troupe. Alors elle s'encourage, et de toute façon il n'y a que ça à faire : s'encourager. Et lui devant, il fait avancer sa troupe. Il les emmène en haut.

Soudain on sait qu'on y est bientôt. C'est le vent. Ils ont su qu'ils allaient arriver à cause du vent. Il souffle tout le temps mais il semble se lever quand on arrive là, quand on traverse cette espèce de frontière et on ne savait pas qu'elle existait, cette frontière. On entend ce vent avant de le sentir et on a froid quand enfin on le sent. Il s'abat, léger et lourd en même temps, puisqu'à ce moment même lui a un poids. Il soulève la poussière et il glisse entre les cailloux, et les pierres ne bougent pas. Et c'est dans ce froid qu'on finit de basculer. Avec de nouveaux efforts on verse dans la route qui n'est en fait pas tellement une route. C'est un passage. On lève la tête et on voit qu'il ne reste plus que quelques mètres, mais ces mètres durent tellement qu'on dirait qu'ils se multiplient. À chaque fois ça semble s'éloigner, toujours. Et le vent n'en finit pas de dévaler. Encore quelques pas et tout à coup on sait qu'on y est bientôt. On appuie de tout notre poids sur la pente, pour la faire reculer, pour se soulever. Et en fait on ne fait que céder au mouvement. On appuie sur les jambes, tantôt sur la gauche et tantôt sur la droite. Et elles vont presque sans nous, à ce moment. Maintenant il n'y a plus que les jambes, et l'esprit des marcheurs n'est plus là mais il n'est pas vraiment ailleurs non plus. Et tandis qu'on croyait que le vent tombait, il hurle davantage. Ça fait qu'on ne se rend pas compte tout de suite qu'on est là, qu'on est à la fin de la pente. Alors on ressent une espèce d'écroulement : on est au bout, on est en haut. D'en bas on ne voit pas ceux qui sont en haut alors qu'eux ils voient tout. Ils peuvent voir le bas mais aussi le haut. Ils voient le chemin qui se déplie en sens inverse, ce fil blanc qui les a amenés jusqu'au col. Celui-là se nomme le col Lavorar.

* * *

D'un côté il y a le val du Tesor et de l'autre, le val de Lesiùn. Ce matin ils sont partis de la cabane du Rec qui est dans le val du Tesor. On est juste au milieu, sur un terrain plat parmi les sommets. Il y a là une plaque en cuivre avec le nom de l'endroit et puis l'altitude. Un peu plus loin, une autre plaque avec des dessins qui expliquent que ça c'est la Dent Bleue, là l'aiguille Suleg et puis elle c'est l'Orsinal. Et ce qu'on voit là-bas, c'est l'Uvarose et ça c'est le massif des Sœurs Atular. Tout autour il y a des coulées de neige. Elle est blanche et solide, elle ne fond pas. Et il y a toujours ce vent immense. C'est une grande rafale qui jaillit des montagnes. Ça tire sur le visage, si on ouvre la bouche ça fait mal aux dents. Pourtant on reste. Juste un instant on reste, on s'attarde. Même si on sait que c'est un de ces lieux qu'il faut quitter. C'est qu'on se sent à l'abri ici, comme enveloppé dans le ciel. Et on regarde à gauche et on voit le val du Tesor, puis on tourne la tête pour observer le val de Lesiùn. On ne les verra jamais comme ça : de si haut. C'est difficile d'imaginer qu'il y a des choses qui se passent dans ce bas, alors que là-haut on se sent tellement seul au monde. Si haut qu'on est au-dessus de nous-même. Sur toutes les frontières à la fois mais au centre de tout, là où la roche est noire par endroits. C'est que la paroi est dans l'ombre, à ce moment du jour. Alors on profite, on reste dans la montagne. On lève la tête pour voir les sommets, la cime qui se découpe dans la lumière. Le vent souffle toujours et alors on comprend, on se dit qu'on n'est qu'un simple passager. C'est à ce moment-là que le treizième fait signe : il faut y aller.

Alors on tourne le dos à la pente qu'on vient de gravir. Il est temps de redescendre. Parce que c'est de l'autre côté qu'on va. On traverse le col pour aller du côté de Lesiùn. Et tandis qu'on descend, on cesse d'entendre le vent. Brusquement il s'arrête, ou plutôt on quitte l'endroit où il souffle. Alors il n'y a plus que du silence, et le bruit des pas.

Et eux ils sont toujours derrière le treizième. C'est comme s'il glisse sur la montagne tellement il va bien, tellement il connaît là où il faut poser le pied. Quelqu'un lui fait la remarque, il dit : tu vas tellement mieux que nous. Alors ce treizième hausse les épaules et puis il dit simplement : c'est mon métier. Et ce métier, c'est marcher. C'est délier des chemins.

Ils redescendent depuis le col Lavorar et découvrent le val de Lesiùn. Ça fait trois jours qu'ils ont commencé. C'est une boucle qu'on fait, c'est le tour de Saingal. Ils sont arrivés au village de Laster qui est au fond du Tesor, et là on les attendait. C'est le guide qui les attendait, pour les emmener faire le tour. Ils sont partis de Laster et le premier jour était un jour tranquille. Ils sont montés mais pas trop, juste assez pour atteindre la cabane de la Pierre Rose. C'était le premier jour et la première nuit, c'est à ce moment qu'on fait connaissance et qu'on s'acclimate à l'environnement. Le deuxième jour ils ont quitté la cabane et ils ont marché à flanc de coteau presque toute la journée. Ils ont vu des marmottes et ils ont croisé des vaches et ici elles sont petites et noires, elles ont une cloche autour du cou. Ils ont rendu visite à un paysan qui leur a vendu du fromage d'alpage. Le soir ils ont dormi à l'auberge Selzior et c'était toujours dans le val du Tesor.

Là, c'est le troisième jour, c'est celui du col. Ça fait qu'on quitte la vallée et son herbe, ses arbres et le son des cloches de vache. On a quitté le sol de terre pour entamer celui de pierre.

C'est à ce moment du tour qu'on comprend ce que c'est, la montagne. C'est du minéral, c'est du vent et de la pente. C'est du bleu et du gris et un froid ancien. Quand on redescend du col Lavorar c'est pour aller se réfugier à la cabane d'Estùn. C'est drôle parce que ce n'est pas pareil des deux côtés : de l'un c'est du vert et beaucoup de petites rivières qui font un joli bleu sombre dans ce vert. De l'autre, c'est toute cette caillasse qui dégringole si on pose mal le pied. Dans un paysage aride, on avance. On est contre la paroi de la montagne, celle qui s'appelle Ermoval et qui ressemble à un bec d'oiseau. On est presque dans son ventre et alors on s'éloigne en faisant attention. On pose d'abord le talon puis le reste du pied. On fait ça pour ne pas avoir mal au genou, pour ne pas que ça tire. C'est le guide qui a expliqué ça, au début. Et on descend lentement, les uns derrière les autres. Quelquefois il y en a un qui dérape et tout le monde demande : ça va ? On se relève ensemble parce que si on tombe, on le fait ensemble aussi. Et pendant ce temps le guide attend. Il n'a pas eu peur parce qu'il reconnaît les chutes. Il sait que celle-ci c'était simplement un affaiblissement et pas quelque chose de grave. Simplement un pied qui a glissé sur un caillou et tout le corps s'est affaissé sur le chemin, sur d'autres cailloux. Ça fait un peu mal mais ce n'est pas grave. Il sourit et il dit : on y va ? Et ils y vont, ils suivent. Ils longent une rivière qui ne ressemble pas à celles du val du Tesor. Elle est très claire, presque transparente. On voit tout au travers. Elle glisse du haut et on ne peut pas voir la source. Elle est très froide mais c'est comme ça pour toutes les eaux de montagne.

Là aussi la route se fait longue. C'est tout le poids qui s'incline lourdement sur les jambes. Ça fatigue et les douze vont plus vite pour que ça s'arrête plus vite. Alors celui tout devant ralentit, seulement un peu. Si on est pressé dans ce genre de chemin, dans un pierrier en pente, on peut glisser ou alors s'abîmer le dos ou les genoux. Alors il va lentement et aucun des douze ne s'en rend compte. Mais ils sont étonnés quand ils sont en bas. Là il y a de nouveau du vert, mais il est écorché contre la roche. La rivière s'est répandue un peu partout et ça fait une espèce de marécage. D'en haut on voyait ces différents cours d'eau mais on croyait que c'était des routes. Et là on a la vue sur tout le val de Lesiùn et ses montagnes qui le surplombent, et alors c'est beau.

Dans la journée on croise des vieux troncs qui sont blancs d'être tellement vieux. Déracinés, ils ont perdu leurs couleurs et ressemblent maintenant à des bouts d'os qui reluisent au grand soleil. Ils sont laissés là et on peut s'asseoir dessus. Et aujourd'hui on ne descendra pas plus : on dort à Estùn.

Le lendemain on devra remonter et on s'encourage pendant la soirée. On boit de la bière et on mange un repas chaud. Le guide dit : demain nous dormirons à la Baïta. Et sans qu'on sache pourquoi on sait que la Baïta est un endroit spécial. Ça s'est vu sur le visage du guide.

La Baïta c'est une cabane tenue par un ami du guide et il paraît qu'avant il était guide lui aussi. Maintenant il ne marche plus du tout, ou presque plus et pas beaucoup de monde ne sait pourquoi. Les douze personnes, en tout cas, ne sauront jamais. Parce que ce n'est pas le genre de choses qu'on partage avec n'importe qui et ces douze personnes, pour un guide et un tenancier, sont n'importe qui. Ce soir le guide explique : on partira à sept heures du matin parce qu'on a une longue route. C'est bien d'arriver tôt à la Baïta parce que les nuits sont plus froides qu'ailleurs mais avant, pendant le soir, c'est mieux que n'importe où. Alors vous pourrez profiter.

Vous verrez comme tout est mieux là-bas qu'ailleurs. On arrivera vers seize heures si tout se passe bien, mais tout se passera bien. Le patron nous accueillera. C'est une ancienne bergerie et on y dort très bien. On se lèvera tôt et on mangera bien, là-bas le pain est vraiment bon. Ensuite on passera la nuit et il y aura le dernier jour. Ce sera long mais on arrivera tôt à la dernière auberge. On sera encore haut mais ce sera moins haut qu'à la Baïta. Là ce sera la dernière nuit et elle sera plus longue que les autres. Vous pourrez dormir plus longtemps le matin. Parce qu'ensuite ce sera le dernier jour et là on ne se pressera pas du tout.

* * *

Il est six heures et lui est déjà debout. C'est que tous les matins, pendant que tout le monde dort encore, il marche déjà. Il s'éloigne un instant, juste un instant. Il s'éloigne alors qu'il y a encore la nuit qui est comme si on avait tout peint en noir, même les montagnes. Il s'écarte de tout, à ce moment. Ce moment est le sien dans la journée, rien qu'à lui. Et, privé de lumière, c'est comme si c'est lui qui l'invitait. Parce qu'à un moment elle arrive doucement. Avant de le voir on sent ce soleil déjà chaud, on sent que ça va être une journée de canicule. Et ce chaud, cette tiédeur atteint le lieu où on se trouve, et seulement après la lumière apparaît et découvre ce qui se trouvait dans le noir. Le guide aime ces moments. Parce qu'avant il ne pouvait pas dire où il était. Il était nulle part et c'est avec le jour qu'il est quelque part. Et même s'il connaît très bien tous les environs de toutes les cabanes, à chaque fois il se trouve étonné. Là, ce matin, il est sur une petite colline qui est près d'Estùn. En haut de cette colline il y a une croix qui est plantée. Pour monter jusqu'à elle on suit un chemin tapissé de gentianes, de silènes et de ces petites fleurs blanches qu'on a nommées céraistes des Alpes. Et alors il se trouve là, en haut de la colline près de la grande croix, et il observe le chemin qu'ils vont faire aujourd'hui. Il est son préféré parce qu'il l'amène à la Baïta. Il descend de l'autre versant de la colline pour retrouver sa troupe.

Le soleil a monté quand les douze sont dehors, prêts à partir. Il est sept heures et ils attendent le guide. C'est qu'avant, en rentrant à la cabane pendant qu'elle s'éveillait, il prend du temps pour se préparer à la journée. D'abord il se nettoie le visage à l'eau froide, il laisse ses poings appuyer sur ses yeux pendant quelques secondes. Il prépare son sac. C'est un gros sac à dos en cuir brun, râpé sur le dessous et avec des lanières qui se sont affinées avec le temps, parce que ça fait longtemps que ce sac c'est le sien, et ses épaules l'usent dans la montagne. Dans son sac il y a un gros pull de laine marron, une paire de chaussettes de rechange, un mouchoir, un T-shirt en coton blanc. Il en a deux pareils ; l'autre c'est celui qu'il porte maintenant. Ça c'est ce qui est au fond du sac, qui est agencé en couches. Au milieu il y a un réchaud à gaz, des petits bols en fer-blanc, des cuillères et des sachets de soupe. Parce que tous les midis il sert de la soupe à sa troupe. Il dit que c'est pour les sels minéraux. À l'auberge d'Estùn on lui a donné une miche de pain noir. On distribue toujours du pain aux marcheurs. Il a aussi des paquets de fruits secs et de noix. Dans la dernière couche, deux grandes bouteilles d'eau. Il ferme son sac. Sur un côté il y a une grosse louche qui est harnachée.

Sur l'autre côté il a attaché la casserole dans laquelle il fera la soupe. Et au-dessus du sac, son chapeau. Il est en cuir aussi, de la même couleur que le sac. Quand il a fini de vérifier ses affaires, il commence à lacer ses chaussures. Ce sont de grosses chaussures qui sont aussi en cuir et qui montent jusqu'à la cheville. La semelle est très épaisse et les lacets sont comme des petites cordes. Elles sont les siennes depuis longtemps, depuis le début. Il n'en a jamais changé, elles ne s'usent pas. Il peut y glisser le pied sans difficulté parce qu'elles sont parfaitement à sa taille. Il les a sculptées à son pied, après tant de trajets. Le pied est dedans et alors il commence à nouer les lacets. Il prend du temps pour se chausser. Il tire fort sur ces petites cordes, pareil des deux mains. Il glisse la lanière sous le petit clou de métal et il entrecroise, il recommence de l'autre côté. Il va jusqu'en haut de la chaussure, il tire fort une dernière fois. Il fait le nœud. Il est prêt, il sort dans le jour qui a fini de s'installer.

Sa troupe l'accueille joyeusement. Ils pensent qu'il vient de se lever, ils rigolent entre eux et ils sont heureux de le voir. Il leur dit bonjour à tous et après il dit : on y va. Et ils y vont. Ils quittent Estùn.

Lui il lance le rythme selon son humeur et surtout d'après le chemin qu'il y a à parcourir, et aussi d'après la force ou la faiblesse de chacun. À ce moment-là de la marche il les connaît tous très bien. Il y a celui-là qui doit avoir le même âge que lui. Quand il était plus jeune, il était très sportif. En début de journée il va très vite, on dirait qu'il fait la course. Il se fatigue au milieu de la matinée et à la fin il est presque tout derrière. Quand ils approchent de la nouvelle cabane il recommence à aller vite, il dépasse tout le monde et alors il s'épuise pour de bon. Il y a celle qui est toujours tout derrière parce qu'elle s'arrête souvent. Elle aime prendre le temps pour observer les choses et elle n'aime pas se presser. Il y a ce jeune couple qui n'aime pas être séparé mais elle, elle marche mieux que lui. Elle se fatigue à ralentir. Un autre couple est là aussi, plus âgé. Souvent ils sont main dans la main, ils font partie des derniers. Il y a ce vieil homme qui parle très peu. Il est souvent à l'écart et il marche à un bon rythme, il se calque sur celui qui est devant. Le guide l'aime bien, lui. Il y a aussi cette mère et sa fille qui ne doivent pas rester trop ensemble parce qu'elles se déconcentrent l'une l'autre. Et puis trois amis qui aiment sortir du chemin et que le guide doit rappeler à l'ordre de temps en temps. Ces gens, il a appris leurs noms et dans deux jours il leur dira adieu, et il pense qu'il ne les reverra pas. Il pense ça parce qu'il n'en a jamais revu aucun. Il n'est qu'un simple passeur. Des fois des amitiés se créent. Mais la vie qu'il a choisie c'est une espèce d'errance sans jamais vraiment se perdre. Il ne se perd pas parce qu'il fait toujours les mêmes tours, tous les étés. Ça reste pareil, il n'y a que les gens qui changent et au bout d'un moment ils se ressemblent. Ça n'empêche pas qu'il les aime bien, tous comme ils sont. Ça n'empêche pas non plus qu'il n'est jamais triste quand le temps vient de dire au revoir. Il n'est jamais vraiment triste. Mais quelquefois il est vraiment heureux et c'est souvent quand il va à la Baïta. Parce que là se trouve un vieil ami et là passe un autre ami. Cette cabane c'est leur lieu de retrouvailles, ils font en sorte de s'y rejoindre au moins une fois par saison. Des tas de gens qu'il a connus et qu'il aime bien traversent ce creux où la Baïta est arrimée. Alors il se réjouit et il est joyeux. Il marche plus vite et derrière ils ont un peu de la peine à suivre. On lui crie : il faut nous attendre. Et le guide patiente, il ralentit.

Il tangue d'un côté puis de l'autre et ça crée le rythme de la journée. À midi il signale l'arrêt, il décroche la casserole, il y met l'eau d'une des deux bouteilles. Il la met sur le réchaud et il prépare la soupe. Il tranche le pain avec les mains et il le distribue, puis pour finir il sert la soupe avec la grosse louche. On mange en silence parce qu'on a faim. Aujourd'hui il n'y a pas de rivière où laver son bol alors on le nettoie avec la mie du pain. On redonne les cuillères et les bols au guide, il les range dans l'étage du milieu de son sac. Il distribue des poignées d'abricots secs et de noix. Puis il remet son sac sur le dos et il dit : on y va. La troupe s'éloigne de là où elle s'était arrêtée et c'était à l'ombre d'un gros rocher. Il était presque complètement carré. On aurait dit qu'il était recouvert d'écailles. S'il y avait pensé le guide se serait dit qu'il s'était arrêté exactement là l'an dernier. Mais il n'y a pas pensé, et il n'a pas reconnu le rocher. Mais tandis qu'ils s'approchent de la Baïta il se souvient de tout et c'est comme si la montagne se souvenait aussi de lui. Il songe à tout ça : peut-être que la montagne retient ses passages. Il espère presque qu'il s'est gravé dans la mémoire de leurs parois.

Le soleil se fait plus lourd, il s'écrase sur la vallée. Sa lumière se répercute contre les rochers et elle aveugle un peu. On regarde par terre puis on regarde derrière soi. Les cailloux ont une autre couleur : ils sont verts et ils brillent. Et il y a d'autres verts : celui de ces touffes d'herbes, où tout à coup il y en a une qui est blanche. Celui des tiges des trèfles, et ces trèfles sont blancs aussi. Celui de ces grosses fleurs à épines et elles sont un peu jaunes au milieu. On regarde par terre et on passe à côté des arolles bleus et des sapins et des mélèzes qui réapparaissent doucement. Il y en a peu, juste quelques-uns. On est trop haut encore. Mais ici ils sont solidement plantés. Leurs racines sont aussi grandes que leurs troncs et les troncs sont bardés d'une écorce qui paraît presque rouge, qui est craquelée. Toujours, on regarde par terre. C'est le moment de la journée où on en a marre. On se fiche de ce qu'il y a autour, on veut juste être arrivé. Et alors on arrive. On monte une dernière fois. Il faut encore gravir une dernière pente avant de voir la Baïta. C'est un petit chemin de terre qui est creusé entre l'herbe bleue. À un moment ce chemin se sépare. Si on prend sur la droite on peut monter vers le sommet de la montagne qui s'appelle Osanne. Là-bas il y a aussi un lac qui s'appelle le lac d'Ernisch et qui se trouve au creux de l'Osanne. Mais on va sur le chemin qui va à gauche ou qui va tout droit, ça dépend de comment on se place. Et dans l'herbe bleue il y a tout à coup un parterre avec des milliers de linaigrettes. Elles sont comme des boules blanches et légères. Et au milieu de cette espèce de champ de coton, tout en bas de cette pente qu'il faut maintenant redescendre, il y a la Baïta.

* * *

On descend et c'est qu'on court presque. On est très léger depuis qu'on a vu la cabane et en fait ce sont trois cabanes rangées en ligne droite. On fond sur elles. Elles sont d'un beau gris, le même gris que l'Osanne parce qu'on a bâti avec ses pierres. Celle du milieu, c'était une étable avant. Là où il y avait les mangeoires maintenant il y a les lits, collés les uns aux autres. Sous les matelas c'est une literie de foin. Quand on se couche on s'affaisse presque et c'est agréable, c'est confortable. Chaque lit a un duvet et un petit oreiller. Le plafond est bas et il est strié de poutres presque noires, de ce bois qu'on a brûlé pour qu'il vieillisse bien. Il n'y a pas de fenêtre mais il y a deux grandes portes de chaque côté. Au sol c'est de la terre battue et elle est foulée par beaucoup de passants, les mêmes qui arrivent aujourd'hui.

Le guide ouvre une des ces deux portes et il annonce : voilà où vous dormez ce soir. Et les douze se dépêchent de choisir une couche. Le guide dit encore : la cabane de gauche c'est où on boit et où on mange. Celle de droite c'est où on se lave et attention, il n'y a pas d'eau chaude. Il sort de l'étable. Quand les douze ont fini de ranger leurs affaires, ils sortent eux aussi. Alors seulement ils font attention à là où ils sont. La Baïta c'est trois cabanes de pierre posées les unes à côté des autres. L'étable au milieu, les douches à droite, l'auberge à gauche. Toutes ces maisons sont pareilles, de mêmes dimensions et de cette même couleur un peu blanche. Les toits sont recouverts de grandes plaques d'ardoise. Ça garde la chaleur quand il fait froid et le froid quand il fait chaud. Un peu plus loin il y a un enclos. Dans l'enclos il y a un abri en bois et puis une vache et un cheval. La vache est petite et noire et elle a de belles cornes et puis de beaux yeux sombres. Le cheval a l'air robuste, c'est à cause de son ossature. Il est gris et blanc avec de longs crins. C'est un beau cheval et en fait c'est une vieille jument. Et ces deux animaux ne sont pas vraiment clôturés : il n'y a pas de porte, ils peuvent aller où ils veulent. Là, ils broutent dans leur palissage qui est à la frontière entre leur espèce de pré et le champ de linaigrettes. Entre l'étable et l'auberge, deux tables en bois avec des bancs et aussi un grand banc devant l'auberge. C'est là que le guide s'est assis. Il a enlevé ses chaussures et il reste là. On croirait qu'il ne regarde rien mais il cherche quelqu'un qu'il ne voit pas.

Tout à coup il entend des pas dans l'auberge et puis quelqu'un qui vient à côté de lui. Il entend : dis donc Jonas, tu as failli être en retard ! Et lui il lève la tête vers la voix et il répond en souriant : dis donc Paul, je suis pile à l'heure. À ce moment-là son visage s'est éclairé. Ils restent un peu sans parler. Ils pourraient se prendre dans les bras parce que ça fait longtemps qu'ils ne se sont pas vus, et surtout ça faisait longtemps qu'ils se réjouissaient de se retrouver. Mais ils n'osent pas parce qu'ils ont de la pudeur tous les deux. Ils se serrent la main, très fort. Celui qui s'appelle Paul s'assied à côté de celui qui s'appelle Jonas. C'est l'heure à laquelle le soleil est encore haut et répand toute sa dernière chaleur. Ils sont assis en pleine lumière et ils paraissent plus jeunes qu'ils ne le sont. Mais ils ne sont pas vieux non plus. Ils sont au milieu : plutôt jeunes mais quand même assez vieux. Ils sont amis depuis longtemps. Ils regardent devant eux. Et puis Jonas demande : où est Galel ?

Paul secoue la tête, il fait ça pour dire je ne sais pas. Alors Jonas dit : il tarde, et Paul hoche la tête et il fait ça pour dire oui parce qu'il lui tarde que Galel vienne.

À l'intérieur de l'auberge il y a d'autres gens, d'autres marcheurs et d'autres guides. Ils sont arrivés plus tôt que Jonas et son groupe, ils boivent de la bière et ils jouent aux cartes. Paul leur a préparé une grande assiette de viande séchée avec du fromage et des oignons. Ça rit, ça parle fort. Ils sont en pleine forme, ils ont eu le temps de se réconforter et la fatigue du jour ne pèsera qu'après le souper. C'est aussi grâce à la douche froide. Et justement les douze de Jonas sortent de l'étable et se dirigent vers les douches, tous en même temps. Ils pourront faire sécher leur linge dehors. Mais il y en a une qui va vers Jonas et Paul. Celle qui s'arrête souvent, celle qui ne se presse jamais. Elle dit à Jonas : j'ai mal au dos. Lui il répond d'accord, et puis : demain tu me donneras tout ce qui pèse lourd dans ton sac. Et puis avant de dormir, étire-toi. Fais-toi toute grande et tire sur tes bras vers le haut. Elle acquiesce. Et puis c'est Paul qui lui dit d'aller prendre une bonne douche et que pendant ce temps il fera chauffer de l'eau pour y tremper un linge. Elle pourra poser ce linge là où elle a mal et ça ira mieux. Elle dit merci et alors elle va prendre sa douche dans la troisième maison en pierres. Paul se lève pour aller faire bouillir l'eau. Quand il revient il porte une bouteille de vin rouge et trois verres. Il verse du vin dans le verre de Jonas et dans le sien et puis ils boivent, et c'est là que Paul commence vraiment à parler. Il parle plus que Jonas, mais comparé à d'autres gens il parle vraiment peu. Il raconte ce qu'il s'est passé à la Baïta jusque-là. Chaque année c'est presque pareil, chaque saison se ressemble. Et ce qui est pareil c'est qu'il est heureux à chaque instant qu'il est là. Il aime recevoir les randonneurs, leur faire à manger et leur servir à boire, se lever avant tout le monde pour préparer le petit-déjeuner. Il aime entendre leurs histoires comme il aime les voir arriver et puis repartir. Il aime s'occuper du ménage, de la literie, comme il aime quand il ne reste plus personne et qu'il peut alors faire ses promenades, s'occuper de sa jument qui s'appelle Ariel et de sa vache qui s'appelle Petite Étoile. Il aime cet endroit, tout simplement. Il ne sait pas pourquoi et peu lui importe de le savoir. Ce sont de ces choses qu'on ne peut pas expliquer. C'est un lieu qui semble protégé et parfois il accueille des gens qui ne sont pas des marcheurs. Comme Josef qui est berger et qui vient parfois rendre visite avec son troupeau. Des fois c'est Vinciane qui vient, elle s'occupe d'une autre cabane qui est à quelques heures de marche. Mais ce que Paul aime plus que toutes ces choses c'est quand il est réuni avec Jonas et Galel. Ça il ne le dit jamais, c'est parce que c'est aussi de ces choses qu'on sait. Ces moments qu'il passe à la Baïta le réconfortent dans toutes choses, et cette consolation lui dure toute l'année.

Ils boivent un autre verre de vin et c'est un vin rouge que Paul prend avec lui depuis le fond du val, là où il vit normalement. De cet endroit il ne parle pas. Jonas ne dit jamais rien non plus, de là où il vit pour de vrai. Il sait juste que Paul vit dans une maison, une ancienne ferme. Qu'elle appartenait à ses parents qui voulaient qu'il devienne paysan comme eux et lui il n'a pas voulu. Ils se sont fâchés. Mais quand ils sont morts c'est lui qui était dans les papiers d'héritage parce qu'il n'y avait plus que lui. Il sait que ses parents élevaient des chevaux et aussi ils avaient quelques vaches pour le lait. Paul a vendu toutes les bêtes sauf Ariel. Parce qu'Ariel est son cheval. C'est son père qui la lui avait confiée. Il était un jeune adulte et la jument était une jeune jument, la dernière d'une longue lignée de chevaux. Paul a décidé de garder une vache pour tenir compagnie à sa jument et cette vache c'est Petite Étoile. Il a refusé de se séparer d'elle. Toutes ces histoires Jonas les connaît. Il sait comment est la vie de Paul en bas parce qu'il a presque la même.

Il habite dans un petit appartement et il vit seul. C'est près de la ferme de Paul, pas si loin même si ce sont deux villages différents. Mais jamais ils ne se voient quand ils sont en bas, au tréfonds du val de Lesiùn. Sans se le dire ils se sont mis d'accord : ils ne se verront pas autrement qu'ainsi, comme ils sont quand ils sont là.

* * *

Les douze se sont lavés et habillés, ils viennent maintenant à l'auberge pour boire un verre et manger un peu. Ils passent à côté de Jonas qui leur demande si ça va et ils répondent qu'ils ont faim et ils le disent en riant. Paul se lève, va chercher le linge chaud pour celle qui a mal au dos. Et puis il sert les autres qui lui commandent une bière, un thé ou un verre de vin. Alors Jonas se lève à son tour, il laisse les trois verres et la bouteille sur le banc et il marche en chaussettes sur l'herbe bleue et sous le ciel ouvert. Là il se demande : et maintenant ?

Il y a le sommet de l'Osanne qu'on ne voit pas nettement, le soleil est derrière alors on ne peut pas regarder sans se faire mal aux yeux. Un peu de vent fait plier les herbes, ça fait un bruit très doux. Pas loin il y a la jument et la vache qui broutent. Ariel relève le cou, pendant un instant. Elle regarde Jonas comme ça, de loin, elle le dévisage avec son air tranquille. Elle l'a reconnu. Elle courbe l'encolure, elle se remet à manger comme s'il n'était plus là. Mais il est là, il reste debout, il fait un pas dans une direction mais il s'arrête et en fait un autre dans une autre direction. Il tangue doucement, le vent remonte jusqu'à lui. Il ferme les yeux et il comprend à quel point cet endroit lui a manqué et comme il lui manque tout le temps. Ses yeux sont fermés, il voit du noir avec une tache un peu rouge et c'est le soleil derrière ses paupières. Elles bougent légèrement, il les ouvre et il n'entend presque plus les éclats de voix dans l'auberge et autour de lui, car quelques-uns sont sortis pour boire sur les tables en bois. Paul le rejoint. L'un à côté de l'autre, ils pourraient être seuls que ça ne changerait rien. Mais pourtant ça change tout. Paul lui dit : tu dois être fatigué. Jonas répond que non, ça va. Puis ils ne disent plus rien du tout. De dos on pourrait les confondre dans cette lumière. Ils ne sont pas tout à fait de la même taille mais ils sont plutôt grands tous les deux. Ils ont les mains dans le dos et ça fait que leurs ombres qui s'étendent n'ont pas de bras. Mais elles ont des longues jambes, dans ces silhouettes grises elles font presque la moitié de tout le corps. Le sol continue de frémir, alors les silhouettes vacillent doucement. Il y a un grand silence, à ce moment. Et puis il y a Jonas qui murmure : je ne me lasserai jamais de l'Osanne. Paul sourit et il dit : moi non plus. Mais ensuite son visage se ferme un peu. Ils se taisent et ils continuent d'étendre leur regard sur les belles parois blanches. Le vent apporte une odeur tiède de foin, mais lorsqu'on observe la montagne on ne respire plus qu'un violent parfum minéral. L'Osanne c'est une grande montagne qui crée comme un cirque avec ses arêtes. Elles sont découpées de telle sorte qu'on dirait qu'elles ont été sculptées. Elles mènent au sommet et ce sommet est comme une pointe de flèche qui transperce le jour. Elle est faite de telle sorte, cette montagne, qu'elle abrite un lac pas très profond mais très clair. C'est le lac d'Ernisch. On peut contourner ce lac et c'est un tout autre chemin qui s'ouvre : un autre pierrier qui est une grande étendue qui crisse comme du métal quand on met le pied dessus.

La seule route qu'on a pu faire là, elle se trouve comme sur une longue colline. Des deux côtés ce ne sont que des chutes de pierres qui ne bougent pas, mais si on en fait bouger une seule tout s'écroule. Ça peut être assez dangereux. C'est par là qu'il faut aller pour se rendre à la cabane de Vinciane. Ça rajoute un jour de marche au tour, si on fait ça. Jonas ne le fait presque jamais, ça dépend de son groupe parce que ce sont eux qui choisissent. Paul le faisait souvent mais il ne marche plus du tout et en tout cas plus comme avant.

Jonas et Paul discutent, ils parlent de ce qu'ils font et souvent ils commencent à parler de ce qu'ils ont fait avant. Paul dit à Jonas qu'il a vu des chamois l'autre jour. Sûrement une famille, ils étaient tout près d'Ariel. En fait ils mangeaient dans sa mangeoire et la jument laissait faire. Il explique : moi j'étais juste sur le pas de la porte. J'ai fait un pas et ils m'ont entendu alors ils ont fui. C'est la première fois que j'en voyais de si près. Jonas dit que son groupe et lui ont vu une marmotte de très près aussi. Il s'était amusé à siffler et à un moment c'est comme si elle avait répondu. Il montre comment il siffle : il met les deux petits doigts entre ses lèvres et il souffle. Ça fait un bruit qui cisaille, et quelques marcheurs sursautent. Ariel et Petite Étoile s'arrêtent de manger, observent d'où vient le bruit et puis continuent à brouter comme si de rien n'était. Le sifflement résonne un peu, et après c'est de nouveau le silence. Mais tout à coup : un autre sifflement. Il sonne comme une petite flûte et il vient de derrière la colline, il transperce la colline. Jonas siffle de nouveau, et on lui répond. Paul éclate de rire et Jonas dit tout bas : le voilà. Et soudain c'est comme si la petite plaine grondait gentiment, comme si quelqu'un jouait du tambour avec la flûte. Le soleil qui commençait à disparaître revient. Et tandis que le vent commence à siffler lui aussi, voilà Galel qui apparaît sur la colline. De là où on est, on ne peut pas voir son visage. Pourtant on sait très bien qu'il sourit. Il fait de grands signes, il dévale la petite colline et il rit par gaîté. Et son rire c'est comme une pommade qu'on mettrait sur une blessure. Derrière lui il y a un petit cortège de dix personnes. Elles le suivent mais à cet instant elles perdent le rythme parce que Galel va vraiment vite. Il approche et on peut mieux distinguer son visage et on voit maintenant son grand sourire. Il ralentit quand il arrive près de Jonas et de Paul et il recommence à rire. Alors tout le monde, pas seulement Paul et Jonas, rit avec lui. Parce que ça fait ça avec Galel. Il rejoint enfin ses amis et il les prend dans ses bras. Quand ils se décrochent de leur embrassade et qu'ils font un pas en arrière, on voit leurs trois ombres. Celle de Galel est plus sombre que les deux autres. Elle imprègne la terre. Et là, à la frontière entre l'est et l'ouest, au milieu de nulle part qui semble en fait être au cœur du monde, le vent a cessé de vibrer près de la Baïta. L'air autour s'est fait plus frais et il y a eu une bonne odeur de caillou qui a chauffé au soleil. Et puis il y a eu Galel qui a dit : vous n'avez pas changé ! Et c'est assez vrai : depuis qu'ils se connaissent ils n'ont fait que ressembler à eux-mêmes. Jonas dit à Galel que lui aussi, il est pareil qu'avant et c'est vrai aussi. Mais ça ne fait pas la même chose chez Galel. Il reste le même de manière différente. En tout cas il hausse gentiment les épaules et Paul, lui, il secoue la tête.

* * *

Ensuite Galel a fait visiter l'étable à sa troupe, chacun s'est choisi une couchette. Par la porte on entend teinter le rire de Galel, il rassure les plus pudiques parce que c'est vrai que les lits sont vraiment très rapprochés les uns des autres. Puis, comme ces autres avant eux, ces dix marcheurs sont allés se laver, se dépoussiérer de la route et frotter la sueur qui colle aux tempes.

Pendant ce temps Galel s'est assis avec ses amis sur le gros banc de bois, Paul a versé du vin dans le troisième verre et ils trinquent à leurs retrouvailles. Là, Paul et Jonas remarquent que leur ami a une petite fleur valériane coincée derrière l'oreille. Ça les fait sourire, ils ne savent pas pourquoi. Ils boivent le vin et on les regarde boire. On les observe qui rient ensemble, qui se parlent dans une langue qui paraît n'exister que pour eux, que par eux à ce moment. On pense : ils se ressemblent. Pourtant c'est faux. Paul a une peau rosée, mais le hâle recouvre le rose. D'avoir été brûlée elle est maintenant cuivrée, elle est plus claire aux coudes et derrière les genoux. Il a des boucles brunes et épaisses qui lui tombent sur le haut du front. Ses cheveux poussent très vite et il a quelques mèches grises qui lézardent le brun. Il a un nez assez petit mais bien planté au milieu de la figure, et sous lui une ligne un peu rouge et c'est sa bouche. Il est robuste, il a des cuisses épaisses et de grandes mains. Quand on apprend qu'il est fils de paysans on comprend pourquoi il a cette carrure, de quoi il a hérité. Il est un peu plus petit que Jonas, qui est long et fin. Ses cheveux à lui sont gris et très courts, presque rasés. Il porte une belle barbe qui est grise mais avec quand même un peu de noir. Il porte un anneau à l'oreille gauche, aussi. Il a un front large et un nez cassé. On voit une petite bosse sur l'arête du nez et c'est aplati. Il a de belles dents blanches bien alignées dans un visage cuivré, et c'est toute sa peau qui est hâlée d'être tout le temps au soleil. Mais s'il enlevait son T-shirt là, maintenant, on verrait ses marques de bronzage. C'est sur les bras et la nuque que c'est le plus flagrant : on dirait qu'on lui a cousu des bras et une tête sur le torse de quelqu'un d'autre. Ses bras sont longs et au bout ses mains sont larges avec des doigts qui sont longs aussi, mais pas vraiment fins. Ils sont noueux, avec les articulations qui saillent. Ces mains sont belles à regarder quand elles gesticulent, lorsque Jonas raconte quelque chose. Sinon, elles pendent le long de son grand corps. Et puis il y a Galel. Au début quand ils parlaient de lui Jonas et Paul le surnommaient jeune Galel. Mais en fait il a presque le même âge qu'eux. Il est plus petit, c'est vrai, mais il pèse plus lourd. Il est trapu et il est plus solide qu'eux. Mais c'est lui qui a l'air doux. À côté de lui on voudrait décrire Paul en disant qu'il est costaud et on voudrait parler de Jonas en disant qu'il est sec. Galel est plus robuste que Paul et il marche mieux que Jonas. Mais quand on pense à lui on pense : il est doux. Et en fait le bon mot, celui qu'il faudrait utiliser pour parler de Galel, c'est réconfortant. C'est quelqu'un qui console et qui encourage. Ça a toujours été ainsi et il ne le fait pas exprès. Son sourire à lui paraît immense et sa peau a la couleur des chemins de terre, une couleur qui fait penser à du miel. Ses cheveux ont la même teinte, mais là on dirait que c'est la couleur du blé. Ses yeux aussi ont ce même pigment. Comme si Galel tout entier avait été créé dans un immense socle et qu'on l'avait arraché à ce socle un jour de grand soleil, qu'on l'avait nommé Galel et qu'on lui avait dit : tu es un guide, maintenant. Et Galel aurait dit d'accord et il aurait souri. Il serait parti de rien, et c'est un peu ce qui s'est vraiment passé. Et on continue d'observer Paul, Jonas et Galel en pensant qu'ils se ressemblent quand même beaucoup.

Si on avait mieux regardé on aurait compris : ce sont les yeux qui sont presque les mêmes. Ceux de Jonas sont noirs et ceux de Paul sont bleus, les yeux de Galel ont cette couleur sableuse un peu étrange. Mais tous ces yeux sont comme plissés, toujours. Comme s'ils avaient une lumière vive près d'eux. Ces plissures créent de petites rides aux coins, près des tempes, et c'est joli. Ces regards se froissent plus encore quand ils rient et c'est encore plus joli.

Ils boivent le vin rouge et bientôt c'est l'heure pour Paul d'aller préparer le souper. Il demande à Galel de l'aider, il demande : est-ce que tu peux nourrir les bêtes ? tandis que Jonas va prendre une douche. Alors Galel va vers l'enclos et la jument va vers lui. Il caresse la crinière et enlace le large cou. Le cheval repose sa belle tête contre son épaule et ils restent longtemps comme ça. Puis Galel sort une pomme de la poche de son pantalon et la donne à Ariel. Petite Étoile s'est approchée et Galel caresse le large front noir, et puis entre les yeux. De son autre poche il sort une poignée de céréales que Petite Étoile mange dans la paume de sa main, et si on l'avait vu on aurait trouvé bizarre de se balader avec des céréales et un fruit dans le pantalon. Mais il n'y a personne à part Galel, la vache et le cheval. Ensuite il va dans l'abri en bois qui est dans l'enclos, il remplit la mangeoire de foin et l'abreuvoir avec de l'eau qu'il est allé chercher dans l'auberge et il doit faire plusieurs voyages pour pouvoir remplir l'abreuvoir entièrement. Puis il retourne encore une fois dans l'auberge, mais cette fois pour demander à Paul s'il a besoin d'aide pour la cuisine. Chaque année il le fait et chaque année Paul lui répond non parce qu'il aime tout contrôler et il peut se montrer désagréable si on ne fait pas les choses à sa façon. Jonas a fini de se laver, il boit un verre avec sa troupe. Ils ont commencé une partie de cartes. Alors Galel va se doucher à son tour et toute la bonne chaleur de la journée se dissout dans l'eau froide. Sa peau était restée tellement chaude que ça fait presque de la vapeur. Dehors, la pointe de l'Osanne bloque une partie de la lumière. Des rayons se répandent doucement sur la Baïta. On est tous dans l'auberge pour le souper. On s'est répartis sur trois longues tables et de longs bancs en bois, comme ceux dehors. Les dix personnes qui sont le groupe de Galel lui ont réservé une place près d'eux. Mais lui s'excuse ; il dit : ce soir je mange avec mes amis parce que c'est pas si souvent. Et il rejoint Jonas qui s'est assis au bout d'une des tables, sur un tabouret. Paul amène une grosse casserole et annonce : d'abord, il y a une soupe de légumes ! Et on entend une espèce d'exaspération amusée dans le groupe de Jonas, on entend quelqu'un qui s'exclame : encore de la soupe ! Et ça fait rire tout le monde, Jonas aussi et Galel encore plus fort que tous les autres. Paul répond : la mienne est meilleure que celle de Jonas, je vous promets. Tout le monde lui tend son bol. Galel se lève pour couper le pain. C'est Paul qui le fabrique. Il utilise de la farine de seigle et des fois il ajoute des noix, comme aujourd'hui. Jonas demande à l'assemblée : vous êtes sûrs que vous voulez que ce soit Galel qui tranche le pain ? Et on répond en chœur : oui ! Alors Jonas hausse les épaules en riant et puis on comprend son avertissement : parce que Galel est incapable de couper correctement du pain. C'est un spectacle assez drôle. Il a entamé la miche de manière oblique et chaque tranche a une forme bizarre. Il le fait vraiment malgré lui, ça se voit qu'il se donne de la peine et pourtant le couteau part dans tous les sens. Ça fait rire tout le monde et on mange le pain, qui est quand même très bon. Il y a une ambiance de bonne humeur, on est d'autant plus heureux qu'il y a la fatigue qui agit comme un alcool joyeux.

Paul, Galel et Jonas sont les trois en bout de table et tous les autres se sont tournés vers eux, sans s'en rendre compte ils se sont décalés vers eux pour les écouter parler. Ils racontent leurs histoires. La fois où Jonas a gravi une montagne qui s'appelle la Pointe Grise. Il avait un groupe de quatre personnes. C'était presque de l'alpinisme, ils étaient encordés. Mais il y a longtemps un guide avait ouvert une voie et c'était une voie où il n'y avait pas besoin de crampon ni de piolet.

Ils étaient encordés quand même. C'était sur le versant nord de la Pointe. Ils ne sont pas allés jusqu'au sommet, mais le plus haut possible. Plus haut il y avait des séracs et de la neige. Quand ils ont atteint leur sommet à eux ils ont regardé le soleil se dresser à travers la découpe des montagnes plus basses. Jonas avait insisté pour partir avant le lever du jour et ils avaient dû grimper avec des lampes frontales. Ça valait le coup. Le soleil faisait refléter du rose et un joli jaune sur le blanc, parce qu'à cette altitude il y avait quand même un peu de neige. Quand ils sont redescendus personne n'a parlé de tout le jour. Chacun était resté en haut, dans sa tête. Quand ils s'étaient séparés à la fin du tour, une dame était venue voir Jonas et lui avait dit avec beaucoup d'émotion : c'était de toute beauté.

Paul raconte la fois où il avait pris une mauvaise direction et il s'en était rendu compte trop tard. Lui et sa troupe avaient échoué dans un minuscule village où on les avait accueillis pour la nuit, et c'était alors une belle erreur. C'est dans ce village qu'il a rencontré son ami berger, qui parfois vient à la Baïta même si c'est loin de chez lui. Ils étaient tous tristes de quitter ce village au matin, et puis Paul avait retrouvé le bon chemin et le tour avait continué normalement. Quelqu'un lui coupe la parole et lui demande : ah mais vous êtes guide aussi ? Et Paul secoue la tête et puis il dit : non, plus maintenant. Un autre lui demande pourquoi et un silence se fait, et grandit. Paul hausse les épaules, il répond simplement : oh c'est comme ça, je ne peux plus.

C'est à ce moment-là que Galel commence à raconter la fois où ses chaussures avaient lâché. Elles s'étaient ouvertes les deux sur le devant, simultanément. Elles ressemblaient à de gros becs de canard et il avait dû les réparer avec de la corde, mais des fois la corde se cassait et ça faisait rire les enfants qui étaient avec lui, parce que c'était pendant un tour qu'il fait parfois pour les enfants et leurs parents. Il montre comment ses chaussures s'ouvraient, il mime comment ses pieds glissaient et tout le monde rit. On a oublié le silence qu'il y a eu avant. Quelqu'un demande : mais vous faites de la haute montagne, vous ? Et Jonas s'exclame : oh non. Il raconte qu'il faisait ça avant. Il faisait des voies pour un ou deux clients à la fois seulement et c'était pour faire de l'alpinisme. Il explique : à un moment j'ai arrêté parce que j'avais trop de copains qui sont morts, pris dans des avalanches ou qui sont tombés. Je voulais que la montagne me reste et je voulais y rester plus tranquillement. Alors voilà. Il fait un signe de tête vers Galel, il dit : lui c'est un fou, il a fait la Grande Ursinal tout seul avec ses crampons, sa corde et ses mousquetons. Galel sourit, il dit : mais non. Moi aussi j'ai arrêté, je me garde pour la moyenne montagne.

Le silence revient et plane un peu. Et tout à coup on entend des bêlements et surtout un petit bruit de clochettes. Paul s'exclame : c'est Josef ! Et la porte de l'auberge s'ouvre sur un homme avec un grand manteau et un chapeau, et deux chiens s'engouffrent à l'intérieur. Jonas,

Paul et Galel l'accueillent avec des cris joyeux, ils disent : le voilà ! Et le berger dit bonjour à tous les marcheurs, il se dirige vers les trois en bout de table et il dit en riant : quelle chance j'ai ! Vous êtes tous là.

Paul lui sert un bol de soupe, Jonas lui tend une tranche de pain. Josef dit : ah, ça c'est Galel qui l'a coupée. Et Galel s'est levé pour aller nourrir les deux chiens. Après la soupe on mange une belle assiette de polenta bien chaude que Paul a cuisinée avec du beurre, des champignons, du fromage. C'est une recette de Vinciane. Les plats de polenta sont sur les tables et chacun se sert, comme à la maison. On boit du vin et cette fois ce sont les histoires de Josef qu'on écoute. Il explique que ses chiens s'appellent Balzan et Alzer et qu'il leur parle en deux langues différentes, pour qu'ils n'obéissent pas au même ordre. Il raconte qu'il aime bien promener son troupeau de par les pâturages d'été, au hasard. Ça l'amène toujours là où il ne s'attend pas et d'ailleurs il ne s'attend jamais à rien. Mais normalement on est sédentaire en été, quand on est berger. Josef fait comme il veut. Paul lui demande comment va la vie au village et Josef répond : c'est calme, tout le monde va bien. Jonas fait un geste de la tête vers le dehors, là où se trouve le troupeau, il demande combien de moutons il y a. Josef a l'air amusé tout à coup, il répond : cinquante-six ! On dirait pas, hein ? Et puis Galel lui demande des nouvelles de son fils. Josef rit de fierté et il dit : Matthias va bien, c'est un vrai petit berger. Bientôt je l'emmènerai avec moi, mais là il est encore trop petit.

Et ensuite il se tourne vers Galel et Jonas, il leur prend les épaules et leur dit : la dernière fois je vous ai raté d'un jour, je suis vraiment content de vous voir.

* * *

La soirée passe, quelques-uns vont se coucher et puis tout le monde, sauf Paul, Jonas, Josef et Galel. Eux ils restent, ils vont dehors. Galel a allumé un petit feu et ils font un cercle autour de ce feu. Il illumine leur visage, juste le bas un instant et l'instant d'après jusqu'aux yeux, et de nouveau juste le menton et les épaules. Josef chantonne un air qui lui vient de son village, il offre de la liqueur de génépi. Il dit que c'est un jeune ami à lui qui l'a fait. Ils boivent un petit verre et Galel éclate de rire, il dit : c'est pas bon ! C'est vrai, la liqueur n'est pas très réussie mais ils reprennent un verre quand même. La nuit est là. Il fait froid. Le cheval dort, la vache aussi, les moutons de Josef qui ont rejoint l'enclos aussi. L'étable est endormie. Ne restent qu'eux sous ce ciel, autour du petit feu qui monte vers lui. Galel nettoie ses chaussures avec une petite brosse. On n'entend rien que le crépitement des flammes, le chant de Josef et Galel qui frotte en rythme. C'est quand ils tombent de fatigue qu'ils vont enfin se coucher. Ils attendent toujours le dernier moment. Ils dorment au deuxième étage de l'auberge parce que c'est là que dorment les guides, les gardiens et parfois les bergers.

Galel est le seul à rester encore. Il fredonne entre ses dents, il réchauffe ses mains à la flambée. La lumière du feu irradie son visage tranquille avec des lueurs brusques.

* * *

Quand Galel se réveille Jonas est déjà dehors. C'est le matin et il fait un peu jour. Galel le rejoint, il dit : tu ne dors jamais ! Jonas sourit. Galel dit encore : c'est toujours un peu triste de se dire au revoir, hein ? Jonas bougonne un peu, il est gêné. Il répond qu'ils se verront l'année prochaine, comme d'habitude. Galel acquiesce, il sourit toujours. Le soleil se lève complètement, en même temps que le vent. Jonas regarde son ami. Galel est nimbé dans ce grand souffle, auréolé de cette lumière. Il regarde devant lui, il se tient bien droit et les bras légèrement ouverts. Il regarde les montagnes. Il contemple le monde et le monde recueille ce grand regard. Et au plus profond de lui Jonas pense : si moi aussi je pouvais avoir ces yeux-là.

Il n'est pas jaloux. Au contraire, ça le rend heureux de voir Galel comme ça, comme il le connaît depuis le début : profondément en accord avec tout ce qui se trouve autour de lui.

Un à un les marcheurs sortent de l'étable et vont déjeuner. C'est le dernier jour de marche pour certains, alors que d'autres font un plus grand tour. Quand on a fini de manger on se prépare, on met les chaussures. Galel panse les pieds d'un de ses marcheurs. Il a de grosses cloques un peu douloureuses et ses pansements s'enlèvent tout le temps, alors il a demandé de l'aide à Galel.

Ses pieds à lui n'ont jamais eu besoin de soin. La plante est épaisse et à quelques endroits la peau est plus fine, alors elle se détache un peu, pas complètement. Ça fait des reliefs qui créent comme les petits dessins d'un atlas. À ce moment Josef est déjà reparti. Il s'en retourne au village. Paul a les mains dans les poches et il est dans l'encadrure de la porte de l'auberge, appuyé sur l'épaule gauche contre le bois. Il n'aime pas beaucoup ce moment du départ. Ni lui ni Jonas. Mais ça partira vite, cette espèce de regret qu'ils ont. Galel, lui, il se réjouit toujours de reprendre la route. Et voilà qu'ils sont tous prêts. Jonas a sa soupe, son eau, son chapeau. Il porte aussi les affaires d'une de ses marcheuses, celle qui avait mal au dos. Galel a son piolet à la ceinture, sa pharmacie dans le sac. Paul leur donne à chacun un pain. Et puis il faut partir. Galel les prend dans ses bras, il leur dit : alors, à l'année prochaine ! Et il recule, l'air un peu sérieux tout à coup. Il ne dit rien, soudain il hausse les épaules avec un petit sourire. Il fait un signe à sa troupe. Il se retourne et son premier pas fait un petit choc contre le sol, on entend ce pas, ce mouvement qui se répercute devant la Baïta et qui ride la terre sous lui. Galel se met en marche.

On le regarde, on regarde sa démarche qui est pleine d'une fabuleuse certitude et le petit cortège s'assemble derrière lui. Ils partent. Galel s'en va. Il fait un signe de la main sans se retourner. Déjà ils sont loin et lui est plus loin encore. Jonas tousse un peu, il crie : on y va ! Il serre la main de Paul, il dit : bon, à bientôt alors. Les treize quittent la Baïta et Paul regarde ces deux troupes qui s'éloignent dans deux directions différentes. Jonas retourne en plaine tandis que Galel s'en va contourner les montagnes pour aller à la cabane de Vinciane. À ce moment Jonas, Paul et Galel ont tous les trois une profonde impression de joie.

Et puis Paul se retourne sur l'intérieur. Dans l'auberge il y a encore tous les autres marcheurs qui mangent et qui partiront à leur tour. Ensuite il sera temps que Paul défasse les lits, s'occupe de Petite Étoile et de la vieille Ariel, prépare tout pour les nouveaux groupes qui viendront ce soir. Alors il ferme la porte.

* * *

Pendant ce temps Jonas va d'un bon rythme, Galel aussi. Derrière eux la Baïta se fait de plus en plus petite. Les membres du groupe de Jonas commencent leur journée par monter la colline qu'ils ont gravie le soir d'avant. Ils doivent reprendre un peu de hauteur pour ensuite redescendre au village de Laster, d'où ils étaient partis il y a quatre jours. Il faut grimper vers l'Osanne, arriver presque à son pied. Pour ça il faut passer par un chemin assez escarpé et devant soi on ne voit rien que la montagne qui a l'air un peu menaçante depuis cet angle-là. À gauche on voit là où il faudra passer, les courbes du petit chemin qui s'enflera bientôt de buissons de sorbiers. On verra alors un joli rouge dans le brun, et puis de nouveau un tas de verts à mesure qu'on perdra de l'altitude. Pour le moment ils sont encore sur la crête de la montagne. À droite et en bas on voit le lac Ernisch, mais surtout on voit le chemin qui mène à la cabane de Vinciane. Là il y a Galel et son groupe. D'ici, on les voit assez petits. Mais on voit bien. Ils ont contourné l'Ernisch et voilà qu'ils pénètrent l'immense pierrier. Ils ont ralenti et on devine Galel qui dit à tout le monde : ici, il faut être prudent. Ils s'avancent sur l'espèce de pont. Et dessous ce pont fossilisé il y a ces milliers de cailloux. Et ils avancent, tous ont l'air de vouloir se rendre très légers, le plus léger possible. Ce n'est pas si long : quelques mètres seulement avant de retrouver un sol complètement stable. À peine trente minutes, c'est presque rien. Et Jonas s'est arrêté. Il regarde le petit cortège. Il s'est arrêté et il n'arrive pas à repartir. Il les regarde, il veut pouvoir les regarder atteindre le sol immobile. Galel ferme la marche. Il se met derrière quand il veut surveiller. On ressent leur concentration à tous. Un caillou roule, il rebondit contre un caillou plus grand et ça résonne contre un mur de l'Osanne. Ils ont presque fini. Encore quelques pas et ils seront passés. Tout à coup ils vont un peu plus vite parce qu'ils voient la fin. Celui tout devant presse le pas et ceux derrière adoptent le même rythme, mais pas Galel. On peut presque l'entendre leur dire : patience ! Et celui tout devant est presque au bout, il relâche ses bras qu'il avait gardés près de lui, ses mains serrant les lanières de son sac à dos. Il relâche ses bras comme s'il se donnait un peu d'élan, encore quelques pas seulement et il sera sur la terre ferme. À ce moment Jonas a arrêté de les regarder, il s'est tourné vers sa troupe pour leur dire : allez, on y va. Il va se remettre en marche quand on entend ce bruit immense. Ça a fait vibrer la surface du lac. Tous, Jonas et les douze, ont recommencé à regarder en bas. Ils voient un corps qui sombre. Celui tout devant est tombé. Il a glissé et il s'écroule. Il y a une avalanche grise qui se crée. Il glisse sans pouvoir se raccrocher à rien. Ça s'effondre de partout. Ça fait un bruit comme du tonnerre. Quelqu'un a crié et le cri se perd dans l'immense ruissellement.

Les treize qui sont là-haut et qui regardent, ils ne peuvent rien faire. Et tandis que ça continue de s'écrouler, il y a Galel qui s'est lancé dans l'effondrement. On s'est retourné sur lui, mais déjà il a plongé. Il va le chercher. Il s'abandonne aux pierres, il glisse avec elles parce qu'elles l'amènent à celui qui est tombé. Il tend la main, il allonge son bras le plus possible. Il empoigne celui qui est tombé, l'agrippe de toutes ses forces et avec les forces qui lui restent, il décroche le piolet de sa ceinture de son autre main. Et il l'abat dans les pierres. Ça fait un choc, ça le heurte jusque dans ses os. Mais il tient bon, et ils tiennent. Ils restent suspendus là. Ça cesse de bouger, d'un coup. Un nuage de poussière se soulève, lentement. Il les enveloppe complètement. On ne les voit plus.

Mais quand le nuage se dissout un peu on peut les apercevoir, on devine la forme qu'ils font sur l'éboulis. On voit que Galel a déjà commencé à remonter. Il ne lâche pas celui qui est tombé et qui, de toute façon, s'accroche à lui. Galel remonte et il s'aide du piolet. Il est visage contre versant, il est tout entier contre cette pente qui gronde encore un peu. Personne ne dit rien, on retient son souffle. Finalement ils remontent complètement. Celui qui est tombé ne se relève pas, il a la tête entre ses mains. Il pleure. Il a eu peur. Galel remet son piolet à la ceinture et réconforte celui qui pleure et qui tremble. Et il tremble, lui aussi. Le reste de la troupe ne bouge pas, statufiée parmi ces décombres. Galel lève son visage vers eux, il leur dit doucement : on y est presque. Et il fait un signe pour les faire avancer. Parce qu'il faut bien continuer, ne pas rester là. Il relève celui qui n'en finit pas de trembler, il le prend par les bras et il tape sur ses épaules pour lui dire : allez ! Alors il s'ébranle très doucement, il se relève, se remet complètement debout et Galel reste près de lui.

Et bientôt ils sortent tous du pierrier, un par un. Là, ils s'affaissent par terre, soulagés. Un instant passe. Le versant de l'Osanne est comme une aile. Bientôt ils se relèvent tous, ils se remettent en marche, Galel en tête. Puis, calmement, ils disparaissent.

Et Jonas, qui a tout vu, essaie de faire taire son cœur qui cogne très fort, qui le bouscule. Il respire un grand coup. Puis il se tourne vers son groupe. Muets avec la bouche un peu béante, avec un air choqué. Jonas leur dit : bon, tout va bien. Cette fois on peut y aller.

Ils disparaissent à leur tour dans les ondulations du chemin.

* * *

Si on regardait depuis en haut, depuis le plus haut possible comme peuvent voir les oiseaux, on ne saurait pas que ce dessous est délimité. On ne verrait rien que des creux et des reliefs et ces majestueuses saillances qui sont les montagnes et qui gouvernent ce petit pays. Tout s'est arrangé autour d'elles. Ce ne sont que des étages qui sont comme des immenses marches d'escalier. Ça fait qu'on ne fait que monter ou descendre, on ne fait que franchir ces étages. Au milieu, là où les escaliers se rejoignent, il y a un massif d'un gris argenté, noir parfois avec de la neige tout au bout. Dans ce massif il y a un trou et c'est le col de Lavorar. Parce que tout ça autour c'est le val de Lesiùn et le val du Tesor. Au-delà, c'est le reste du pays. Ces deux endroits sont pareils, à la lisière des vents. On se rejoint souvent, ceux qui habitent là contournent les montagnes pour aller d'un côté ou de l'autre. Vu d'en haut on ne voit d'abord que le gris et le bleu. Ensuite seulement, le vert. Celui des plaines, des champs et des forêts, et puis aussi celui des vignes qui poussent.

Les deux endroits ont un premier étage. C'est le bas. Celui du Tesor est plus creux et plus large. C'est là que se trouvent les villes, une seule de chaque côté et elles sont petites. Dans celle du Tesor il y a un hôpital, le seul de la région, et puis aussi un grand supermarché. Dans celle de Lesiùn il y a le même supermarché, mais surtout il y a une grande usine. Elle prend beaucoup de place, la ville s'est agglutinée autour d'elle. En fait elle s'est créée pour elle. C'est là que vivent les ouvriers qui y travaillent. Ces villes, on ne s'y arrête pas vraiment. Plus haut se trouvent les villages. De chaque côté il y en a un plus grand que les autres et c'est le chef-lieu.

Ce sont des endroits touristiques. Les autres villages sont plus modestes, ils sont plusieurs chalets assemblés. Ils sont là pour ceux qui travaillent la terre, pour les paysans et les vignerons. Ils sont là pour les touristes, aussi. Ils les traversent souvent. Et tout autour de ces villages, au-delà des champs et des vignes, des grandes étendues fendues par des routes.

D'abord ces routes sont larges. C'est par là que passent les troupeaux de vaches et leurs paysans qui les guident et puis qui les laissent en liberté dans les pâturages. Plus on va haut et plus les routes rapetissent pour finir par ressembler à des vieilles rivières qui se seraient asséchées. Et tout autour de ce brun poussiéreux, un vert qui luit. Il irradie dans une lourde odeur de terre mouillée. Tout ça, c'est un étage. Si on monte encore on atteint les paysages alpins. À cette altitude-là, dans cet étage-là, il y a encore un village dans le val du Tesor. Ce sont plusieurs maisons dispersées. Il n'y a pas de centre ni de limite et c'est le village de Galel. C'est un de ces endroits où on ne fait que se croiser parce qu'on ne fait que travailler et on travaille ailleurs. Ça veut dire qu'on est tout à fait éloigné de tout et de tous, même chez soi. On dépasse ce village et voilà les derniers étages. Le vert qu'il y a là est plus profond qu'en bas parce qu'il n'est pas comprimé par des sabots et qu'il n'est pas foulé par beaucoup de gens. Ça fait qu'il est tapissé de fleurs qui sont de minuscules taches brillantes.

Il y a les anémones qui sont comme de belles toiles d'araignées. Il y a celles qui ressemblent à des petites cloches et qui sont violettes. Il y a celles qui sentent la vanille et qui sont d'un rouge sombre, il y a les grandes pimprenelles qui sont rouges aussi, il y a le rose des chardons, le bleu profond des gentianes et le bleu plus tendre des myosotis. Là il n'y a plus du tout d'arbres. Ça veut dire qu'on est proche de la frontière qui sépare les deux vals. Là il n'y a presque plus de flore ni de terre. La frontière est pierre, elle est bleue, grise et noire. Et on traverse, on chancelle d'un côté ou de l'autre. On passe. La première fois que Galel a traversé c'était pour aller à l'hôtel Alsane.

* * *

Il a un air d'enfant. C'est ça que Jonas et Paul avaient pensé la première fois qu'ils ont vu Galel. D'abord ils n'avaient rien pensé du tout. Ils étaient sur le banc de bois et ils ne faisaient rien. Ils étaient posés là. Galel les avaient vus depuis la petite colline. D'abord il avait vu les trois petites maisons et seulement après les deux hommes assis. Lui il était seul et il était allé vers eux. Et eux ils ne l'avaient pas vu venir, mais ils avaient entendu un bruit et c'était le martèlement de ses souliers. Alors ils avaient tourné la tête et ils avaient rencontré Galel. La Baïta était vide, la saison n'avait pas encore commencé. On était début juin. Jonas était là parce qu'il vient à la Baïta quand il peut, pour rendre visite. Même avant que ce soit Paul qui s'occupe de l'endroit. Il l'avait connu guide. Ils avaient fait des cours ensemble, des ateliers où on leur apprenait les gestes de premiers secours. Cet été-là était le premier été où Paul ne marcherait pas. On lui avait confié la cabane parce qu'il s'était proposé l'hiver d'avant et il avait accepté un salaire très modeste. Depuis, c'est lui le seul tenancier. Et ce mois de juin était le premier mois où il était isolé dans les montagnes, à l'écart du bas mais assez loin des sommets. Galel était apparu et il s'était assis avec eux.

Il avait expliqué qu'il était guide et qu'il préparait un nouveau tour. Jonas avait dit qu'il était guide, lui aussi. Paul avait dit : moi plus maintenant mais je m'occupe de la cabane.

– Ici, c'est la Baïta ? avait demandé Galel.

Ils avaient hoché la tête. Galel avait dit : avant j'étais à l'hôtel Alsane. C'est la patronne qui m'a conseillé de venir ici, je ne connaissais pas.

Puis il avait renversé son beau visage fatigué vers le soleil. Ensuite il avait dit son nom, les yeux fermés. Et puis il n'avait plus rien dit. Il était resté longtemps comme ça, ensoleillé. Jonas et Paul se regardaient sans trop savoir quoi faire ni quoi dire.

Alors Paul avait apporté une bouteille de vin rouge et trois verres et ils avaient bu. Ils ont partagé le pain cuit le matin même, ils l'ont mangé avec une épaisse couche de beurre bien frais et un peu de fromage d'alpage. Ils avaient fait un feu pour pouvoir rester dehors. Ils avaient ri et puis parlé, beaucoup parlé. Ils racontaient leurs voyages qui sont des petits voyages. Ils racontaient leur métier. Paul avait parlé de son frère. Amarrés dans ce chemin de traverse ils avaient partagé leur histoire. Ils étaient restés tard dans la nuit. Voilà comme ça s'est fait. C'est comme ça qu'ils sont devenus amis. Et ce sont des gens qui aiment bien être seuls, alors quand ils choisissent d'être avec quelqu'un, c'est qu'ils l'aiment vraiment bien.

Galel était reparti tôt le lendemain, il voulait continuer sa marche, terminer son tour. Il avait son grand sac harnaché sur son dos et puis un piolet à la ceinture. Il était reparti d'un bon pas, de ce pas tellement particulier où on dirait qu'il s'implante dans le sol à chaque foulée. On ne pensait pas le revoir. Jonas avait dit à Paul : il est drôle. C'est là qu'ils avaient pensé : on dirait un enfant. Et cet enfant infatigable et enthousiaste, curieux de tout, s'en allait. Il était venu de nulle part et il allait ailleurs. Jonas et Paul souriaient de cette rencontre inattendue, et c'était tout. Ils avaient été étonnés et ça ne leur arrivait pas souvent, d'être surpris. Mais l'étonnement se dissipait et leur humeur habituelle revenait. Ils étaient des gens solitaires habitués à accompagner. Alors ils avaient un peu oublié Galel. Mais il était revenu au mois de août. Avec lui, une petite troupe de marcheurs. Par hasard Jonas était là aussi. Alors ils se sont tous les trois mis d'accord pour croiser leurs chemins au moins une fois par année à la Baïta, et ainsi devenir des espèces de compagnons de route.

* * *

Elle a une hotte en osier sur le dos et les sangles sont en cuir. Ça lui vient de ses parents vignerons. Dedans elle met un tas d'herbes qu'elle cultive dans son petit jardin alpin, au sud de sa cabane. Il y a des branches de tilleul, du laurier, de la verveine, de la sauge et un peu de thym. Tout au fond de la hotte il y a quelques saucissons et puis des œufs, parce qu'elle a aussi quelques poules.

Elle marche comme si elle n'avait aucun poids sur les épaules et ses cheveux sont noirs, ils flottent un peu dans son sillage. C'est Vinciane et elle va à la Baïta. Quelquefois ils s'échangent des produits, Paul et elle. Ils s'entraident, de cabane à cabane. Parce qu'à part eux, ici, il n'y a personne.

Paul lui donnera du pain, du lait et un peu de fromage. Elle passe par le pierrier, là où quelqu'un a glissé le jour d'avant. On est encore au début du jour alors Vinciane se dépêche pour pouvoir faire l'aller-retour avant la nuit. Pendant ce temps c'est sa fille qui s'occupe de la cabane qui n'est pas vraiment une cabane. C'est un ancien hôtel qui s'appelle Alsane. L'hôtel avait été déserté parce qu'il n'y avait pas assez de gens qui venaient y dormir. Vinciane aimait l'endroit. Elle voyait cette grande maison depuis le chalet où elle vit le reste de l'année, cette maison qui demeurait perchée sur la montagne.

Vinciane s'était arrangée pour rouvrir le lieu. Elle avait réaménagé l'intérieur, elle lui avait rendu sa beauté. Parce que l'hôtel était vide depuis longtemps et le vide amoche souvent les maisons. Vu du dehors on dirait que c'est inhabité. Vinciane n'a pas les moyens de repeindre les murs, alors ils continuent de se décrépir. Avant c'était d'un beau blanc qui miroitait les montagnes. Maintenant c'est un peu beige, un peu jaune. C'est quand on est tout près, près de la large porte d'entrée qu'on se dit : c'est beau, quand même. La porte est toujours ouverte et il y a des fleurs qui poussent là, et de la vigne encercle ce beau trou dans le mur. C'est là qu'ils ont dormi cette nuit, Galel et sa troupe.

Vinciane toque à la porte de l'auberge, elle est accueillie par Paul qui est de très bonne humeur. Il lui dit : regarde. Et il lui montre un petit nid d'oiseaux, logé dans un creux au-dessus de sa porte à lui.

Il dit à Vinciane : ils ont récupéré quelques-uns de tes cheveux pour faire leur nid. À ce moment deux oiseaux noirs avec des becs jaunes volent au-dessus de la Baïta.

Ils entrent dans l'auberge, Vinciane s'assied sur une des banquettes. Paul lui donne un grand verre d'eau et puis un peu de liqueur d'abricot. Elle boit et pendant ce temps il emballe deux grands pains dans des linges blancs, il prend un grand papier transparent et il enveloppe un bout de fromage dedans. Pour finir il va chercher un petit bidon rempli de lait. Il amène tout ça à la table de Vinciane. Elle a vidé sa hotte et elle montre à Paul tout ce qu'elle lui a apporté. Elle prend le lait, le fromage et le pain et entasse tout ça dans l'osier. Déjà elle doit repartir. Elle franchit la porte de l'auberge et là elle se tourne vers Paul avec un air un peu grave. Elle demande : Galel est venu ici, n'est-ce pas ?

Paul répond oui et Vinciane semble réfléchir un peu, et puis soudain elle hausse les épaules, elle chasse quelque chose de la main. Paul lui demande : pourquoi ?

– Il ne t'a pas semblé un peu bizarre ? dit Vinciane.

– Il était comme d'habitude.

De nouveau Vinciane chasse quelque chose avec la main. Elle réajuste la hotte sur son dos. Elle dit : alors ce n'est sûrement rien. Mais c'est qu'une espèce d'inquiétude a saisi Paul, il demande encore : mais pourquoi ? Là, Vinciane dit doucement : je ne sais pas. Un silence passe et il remplit la pièce, il s'étend jusqu'au dehors, jusqu'aux linaigrettes qui chancellent légèrement. Vinciane rit un peu, ça fait un bruit sec, elle hausse les épaules. Elle dit à Paul : c'est simplement une impression. Et puis elle part dans un soleil qui s'efface déjà. Paul ferme la porte, bientôt un groupe qui doit venir pour la nuit et il est un peu en retard.

* * *

On abandonne les estives, la saison est finie. C'est la désalpe. Les vaches quittent les pâturages d'été, elles sont rappelées vers le bas. Les différents alpages sont nettoyés, remis en ordre. Les cabanes aussi. On fait un grand ménage pour clore la saison, on fait les bagages. On ferme les portes. On reviendra l'année prochaine. Hier il a plu. Un grand brouillard s'étale, il émane du sol et se répand sur le paysage. Et les montagnes, ces grands piliers, s'embrument doucement. Ceux qui sont dehors traversent ces petits nuages et leurs cheveux sont mouillés. Paul quitte la Baïta. Il a terminé ses bagages. Ce n'est pas grand-chose : quelques habits, une paire de chaussons, un grand linge, quelques provisions qui restaient. Il part et sa tête ploie vers le sol. Il va chercher Ariel et Petite Étoile. Il fait claquer sa langue contre son palais pour les appeler. Et alors il quitte son petit château, sa Baïta. Ses bêtes le suivent docilement. Il prend par un chemin qui descend tout droit jusqu'à son village. Il faut quelques heures de marche. Quelques heures et puis il retrouvera sa ferme et surtout la vie du bas.

Il descend lentement. Petite Étoile marche tout près de lui, il lui a mis une cloche autour du cou et elle carillonne dans un joli bruit de métal. Aussi il a accroché une espèce de couronne de fleurs entre ses deux cornes. Parce que ça se fait et là il le fait pour lui. Ariel aussi est toute belle : il a entrelacé des grosses fleurs rouges dans sa crinière. La jument se rapproche de lui. Elle sait qu'il est triste. Avec son museau elle pousse gentiment l'épaule de son maître et il lui caresse l'encolure grise. Ça lui fait du bien de sentir la bonne tiédeur sous sa main parce que c'est vrai qu'il est triste. Il ne voit pas le paysage autour de lui qui défile lentement, à son rythme. Il réfléchit. L'autre jour, Jonas était venu.

Il avait fini sa saison, plus aucune randonnée n'était programmée, alors il était venu à la Baïta. Ça faisait plus d'un mois qu'ils ne s'étaient pas vus. La dernière fois c'était tous ensemble, avec Galel et Josef qui était passé lui aussi. Jonas était venu lui raconter. Il avait raconté la chute dans le pierrier. Il avait décrit le bruit et Paul s'était souvenu qu'il l'avait entendu lui aussi. De loin. Simplement un écho et il s'était dit : ce n'est rien. Jonas avait raconté la poussière et la peur qu'ils avaient eue, tous. Il a expliqué comment il avait vu Galel s'élancer dans cet amoncellement qui n'en finissait pas de bouger. Il a dit : finalement il a réussi à rattraper le type. Tout s'est bien fini. Puis il n'avait plus rien dit. Paul secouait la tête et il ne s'en rendait pas compte. Enfin il avait dit : bon, tant mieux !

Mais alors un malaise les avait pris tous les deux. Ils n'en avaient pas parlé. Jonas était reparti, ils s'étaient serré la main très fort parce qu'ils n'allaient pas se voir avant l'été suivant. Des jours avaient passés. Ils s'étiolaient dans les dernières chaleurs. La saison s'était achevée.

La porte de la Baïta est maintenant fermée et Paul continue de descendre en regardant ses pieds. Il pense à Galel et il pense à ce que lui avait dit Vinciane. Il relève la tête quand il entend les résonances de son village. Ses cheveux sont encore humides de brume.

* * *

Il y a quelque chose d'émouvant d'imaginer toutes ces petites maisons vides. Elles sont disséminées dans les hauteurs, cachées entre deux collines ou bien elles se dressent au sommet d'un gros rocher. Elles sont là et maintenant elles sont vides. Elles ne servent à rien. Pas même à faire joli, puisqu'on ne les voit pas. Il n'y a que l'hôtel Alsane qui est visible et qui reluit dans la lumière jaune. Les autres cabanes ne sont plus que des tas de pierres et de bois mis ensemble. Souvent on n'y pense plus.

Il y a l'automne et puis l'hiver et on est occupés à faire autre chose, à penser à d'autres choses. Pendant ce temps les cabanes sont toujours là. Parfois leurs murs servent d'abri aux petits animaux. Quelques-unes sont englouties par la neige. Elles réapparaissent quand ça fond. Les portes fermées n'abritent rien. Les volets aussi sont fermés, ils sont souvent rouges ou verts. Avant il y avait des fleurs sur les rebords des fenêtres.

Et dans les étages du bas les maisons sont habitées. Dans quelques-unes certains attendent que quelque chose se passe. Et ce qui passe c'est simplement le temps. Alors l'été revient. On remonte. On retrouve ces gîtes. Et on ouvre les portes.

* * *

Mais d'abord il y a eu l'automne et maintenant c'est l'hiver. Il fait nuit quand Jonas se réveille. Il fait encore nuit quand il part de chez lui pour aller au travail. Il claque la porte, on entend la clé qui tourne dans la serrure. Ce petit bruit se répercute dans l'appartement vide. La porte est brune d'un côté et blanche de l'autre. De ce côté-là il y a un long et maigre couloir. Par terre ce sont des dalles brunes. Il y a une ampoule au plafond qui projette une faible lumière sur le brun et sur le blanc des murs. On longe ce couloir. Il y a deux portes. Celle de gauche s'ouvre sur une petite salle de bains. Le carrelage est d'un blanc usé. Il y a un lavabo. Posé sur le rebord, un gobelet avec une brosse à dents et un tube de dentifrice presque vide et replié sur lui-même. Au-dessus de ce lavabo un petit miroir, et à côté un beau linge bleu. Il y a une douche et une toilette et un petit tapis bleu entre les deux. La porte de droite donne sur la cuisine. Elle est très petite, on ne pourrait pas y tenir à trois. Il y a juste de la place pour une petite table qui se plie et se déplie, un tabouret, une cuisinière et un frigo, un évier en inox avec la poubelle dessous et un placard au-dessus. Des étagères ont été fixées au-dessus de la table, qui contiennent des bocaux remplis de riz, de pâtes, de sauces tomate. Il y a aussi des tas de sachets de soupe. Par terre ce sont les mêmes dalles que le corridor et les murs sont beiges. Au bout du couloir, la pièce principale. C'est là que dort Jonas. Il a repeint le beige des murs en blanc cassé, pour faire plus grand. Il y a son lit et dessus des draps froissés. À côté, une bibliothèque et une lampe de chevet posée sur une petite table de bois clair. Dans cette pièce c'est du parquet. Il y a une petite armoire qui s'ouvre par tiroirs. Il y a un balcon. On sort et on a la vue sur les montagnes. Elles sont comme des formes découpées dans un papier de couleur. Puis on baisse la tête et on voit la grande usine. C'est là que travaille Jonas pendant la saison morte. Et c'est dans cette ville qu'il vit. Tous les matins il prend un bus qui le mène juste devant l'usine. Ceux qui sortent sont ses collègues. Ils se saluent d'un signe de tête. Ils font des petits nuages avec leur souffle parce qu'il fait froid. Tous, ils entrent calmement et les uns derrière les autres. Ils commencent leur journée. Jonas travaille à la chaîne, il est ouvrier de production. Il faut aller vite, on se concentre sur le travail. On reste dans la même position pendant des heures. Ça fait des années et des années que Jonas fait ça. Quand on l'a engagé on lui a dit : il faut être de bonne résistance physique. Il avait répondu : pas de problème. Le soir il a mal à la nuque mais il pense que ce n'est pas grave. Il va boire un verre avec des collègues, parfois il rencontre des gens nouveaux. Si on lui demande ce qu'il fait dans la vie, il répond : guide.

Un peu plus loin il y a le village de Paul. Lui il travaille à l'épicerie. Il est à la caisse et aussi il remplit les rayons quand ils sont vides. Dans ses journées il est assis. Quand il est en mouvement c'est pour ranger les produits sur les étalages, et puis pour faire le trajet entre l'épicerie et sa maison. Des fois il donne un coup de main à des voisins paysans pour se faire un peu plus de sous. Il connaît le métier, alors on lui demande souvent. Il aide à la traite, il laboure les sols et épand du lisier dans les champs. Il s'occupe de toutes les choses qu'on n'a pas eu le temps de faire en été. On le paie peu. C'est dur pour les paysans, il comprend. Il sait qu'on profite de lui. Il comprend ça aussi. Alors quand il n'est pas à l'épicerie il fait ça : il aide. Ça fait qu'il a de grosses journées.

La nuit le pousse à rentrer chez lui, il rentre et il ne pense à rien. La ferme apparaît dans la lueur du village. Tous les matins et tous les soirs Paul va voir Ariel et Petite Étoile, qui sont dans la grange à côté. C'est la première chose qu'il fait et c'est aussi la dernière. Ça rythme ses jours.

La maison est trop grande pour lui seul. C'est une vieille ferme qui s'étire sur trois étages. Sur la façade il y a des cloches qui sont suspendues. On entre au premier étage et d'abord il y a cette grande pièce qui est la salle à manger, avec une grande table en bois massif et puis quatre chaises tressées d'osier. C'est là qu'ils prenaient leur repas en famille. Il y a le vaisselier avec un tas de porcelaine dedans. Il y a un coffre sculpté et des couvertures à l'intérieur, du linge de famille. À côté c'est le salon, où il y a un canapé d'un rouge fané orienté vers un vieux poêle. À côté de lui, des tas de bûches bien rangées. Les murs sont décorés avec des vieux outils dont on se servait aux champs, au temps d'avant. Ils tiennent avec des clous. Il y a une serpe, un râteau en bois, une faucille. Ensuite il y a une grande cuisine avec un tas d'ustensiles. De gros pots à lait peints avec des fleurs sont posés un peu partout. Il y a un immense frigo et un congélateur. Il y a une chambre froide juste à côté. Et à côté encore, un escalier qui va sous la terre et mène au sous-sol. Dans cette cave on conservait des denrées comme les céréales ou les légumineuses. Après, ça a été aménagé en bureau, pour faire de l'administratif à la lueur d'une pauvre ampoule. Au deuxième étage il y a les chambres. Il y en a trois. Paul dort dans la sienne et c'est resté une chambre d'enfant. C'est un petit lit et une petite armoire, et puis une petite fenêtre qui s'ouvre sur la montagne qui s'appelle la Dent Bleue. De l'autre côté de son mur il y a la salle de bains avec une baignoire à pieds et c'est là qu'on prend sa douche. On peut encore monter d'un étage, au grenier. Paul n'y monte jamais. Là-haut il n'y a que des malles avec des souvenirs dedans. Et aussi le toit s'ouvre à quelques endroits. Quand il pleut ça pleut dedans, ça imbibe les lattes en bois. Il faudrait réparer, mais Paul n'a pas l'argent.

Ça lui coûte de vivre là. Ça lui coûterait d'aller ailleurs. De toute façon il passe assez peu de temps chez lui. Il travaille beaucoup. C'est pareil pour Jonas. Tout ce qu'ils font c'est pour pouvoir être tout près des montagnes en juin, juillet, août et un peu de septembre. Parce que c'est parmi elles qu'ils se sentent bien. Alors d'une certaine façon ils s'obligent à vivre comme ça : avec persévérance.

* * *

La porte est fermée. Rien n'a bougé depuis la dernière fois. Les bancs et les tables avec les bâches en plastique qui les recouvrent, pour protéger le bois. La petite barrière de l'enclos avec les linaigrettes et leur duvet, elles fleurissent gentiment. Il y a le bleu vif de quelques gentianes, aussi. Et puis les trois maisons de pierre. À chaque fois ça reste pareil. Ce qu'il y a autour est immobile et pourtant ça n'a jamais cessé de bouger. Surtout : ça bouge encore. Il y a une nervosité mais aussi un grand calme. Paul se sent comme ça : nerveux et pourtant parfaitement tranquille. La vache et la jument ont regagné l'intérieur de la barrière. Petite Étoile meugle, elle se cabre un peu parce qu'elle est joyeuse et aussi parce qu'elle est débarrassée du gros sac en toile que Paul lui avait fait porter. Ariel ferait bien des ruades aussi mais elle est trop vieille. Elle observe et elle hume l'air qui est frais. Paul respire, lui aussi. Il prend la grosse clé noire dans sa poche et il ouvre grand la porte de la mansarde de gauche, celle de l'auberge. Dedans il fait sombre, les volets sont fermés. Paul devine les meubles, il imagine leurs contours. Il y a une odeur de farine et de poussière. Il pose ses bagages sur le seuil, il ouvre les deux autres portes des deux autres maisons et il utilise la même clé.

Après seulement, il s'assied sur le banc de bois, celui devant l'auberge. Il respire profondément, il ferme les yeux. Alors ce sentiment lui vient. Un sentiment qui émane du dehors, de toute cette roche et de toute cette belle terre. Mais quelque chose lui vient du dedans, aussi. Et ça se mélange. Si quelqu'un était là près de lui à ce moment on aurait pensé : il a changé. Parce qu'il est comme avant, comme toujours, seulement il paraît plus grand. Son front semble s'être allégé et les belles plissures près de ses yeux se sont creusées. Et lui il ne pense à rien, il est bien et il reste un moment comme ça, les yeux fermés. Puis il fait claquer ses mains, il se dit : allez !

Et alors la saison s'ouvre.

D'abord il défait ses bagages. Délicatement il sort de son sac de gros pots de farine et un autre plus petit rempli de levure. Il va préparer le pain. La pâte doit reposer longtemps alors il n'y a pas de temps à perdre. C'est toujours la première chose qu'il fait, quand il arrive à la Baïta. Il fait chauffer de l'eau dans une casserole en cuivre. Il prend un gros plat en bois, il est creusé comme une large assiette à soupe. Il verse la farine, la levure et puis l'eau qu'il a laissé tiédir. Il mélange. Il dépose un grand linge blanc avec des carreaux rouges sur le plat. Et voilà, il faut laisser reposer. Il se lave les mains. Et puis il va à l'étage de l'auberge. Il fait les lits, il y en a quatre les uns à côté des autres. Le sien est près de la porte. Après il prépare les couchettes de l'étable, puis il ôte les bâches de plastique qui recouvrent les bancs et les tables dehors. Ensuite il fait un grand ménage. Tout ça, il le fait lentement.

Il nettoie délicatement, avec un chiffon il enlève doucement la poussière qui s'est incrustée un peu partout. Demain il y a les premiers marcheurs qui viennent.

Un groupe de sept personnes et l'autre de quatorze personnes. Il connaît leurs guides, mais pas très bien. Ils viennent chaque année aussi, souvent plusieurs fois parce qu'ils font beaucoup ce tour de Saingal, les gens aiment bien. Demain Paul se lèvera tôt. Il ôtera le linge, le levain aura un peu gonflé. Ce sera d'une jolie couleur de beurre et puis il délayera encore un peu de levure dans ce levain. Il ajoutera de la farine de seigle et un peu de sel. Il pétrira la pâte. Ensuite il faudra laisser reposer encore. Il ôtera les coques de quelques noix, il les brisera dans son poing pour les mettre dans la pâte. Puis ce sera bientôt le moment d'enfourner. Il se réjouit de former les pains. Il les fait ronds et des fois il fait des dessins dessus. Quand ils sont cuits les dessins sont d'un beau doré qui crépite.

Paul se lèvera tôt tous les jours. Toute l'année il se lève tôt. Sa fatigue ne le dérange jamais.

* * *

C'était un jour avant que Jonas et Galel viennent. Il y a eu une grosse tempête. Des gens n'ont pas pu repartir de la Baïta pour continuer leur marche. Ils ont dû rester et attendre que ça se calme. C'était une grosse pluie de mois d'août, avec du tonnerre et des éclairs. C'est venu d'un coup. D'un coup le ciel s'est assombri. On avait dit à Paul : je croyais qu'il devait faire beau aujourd'hui ! Il avait secoué la tête, il avait répondu que c'est comme ça en montagne : ça change vite. Et ce ciel se rassemblait avec l'obscurité. Il croulait sur la terre et à ce moment-là on ne faisait plus de différence entre le haut et le bas, parce que tout était noir. La pluie est tombée. Ceux qui étaient dehors ont couru dans l'auberge, Petite Étoile et Ariel se sont tranquillement mises à l'abri sous les quelques planches en bois dans l'enclos. Et ça redoublait, c'était de l'eau qui tombait mais on aurait dit de l'huile tellement c'était épais. On ne voyait rien. Il y avait un bruit de tambour sur le toit, un martellement énervé. On ne s'entendait plus parler mais on parlait quand même, on disait : c'est pas de chance. Quelqu'un s'était agacé : on nous avait dit qu'on n'aurait que du beau temps ! On n'a plus rien dit quand le tonnerre a cogné. Alors les gens ont eu peur. Parce qu'avec les montagnes autour, le bruit est très fort. Il est tout près. C'était comme s'il se heurtait violemment à la roche et ça créait un nouvel éclatement. C'est comme si les montagnes parlaient entre elles et leurs voix étaient sévères. Ça n'en finissait pas. Le vent ricochait contre l'Osanne, il vibrait sur ses pierres qui sont aussi les pierres de la Baïta. On regardait par les fenêtres et la seule chose qu'on voyait c'étaient les rainures blanches qui apparaissaient dans une lumière brutale. C'était les éclairs qui entaillaient le noir. Quelqu'un a murmuré : si on sortait là maintenant sous toute cette eau, on fondrait comme du sucre. Les autres avaient acquiescé.

Et puis ça s'est arrêté. Tout à coup le bruit s'est figé, la pluie a cessé. Le ciel dilué est apparu et avec lui sa lumière qui décolorait les sols gorgés d'eau. La tempête est passée. Les gens ont commencé à rire. Ils sont sortis de l'auberge et le ciel était déjà tout bleu. Alors ils sont partis.

Paul a changé les draps, il a rangé les restes de petit-déjeuner. Il est allé à la cuisine pour préparer le levain pour le pain du lendemain. Il avait pris un peu de retard. Il a laissé la porte et les fenêtres ouvertes. Une bonne odeur fraîche est entrée.

* * *

Aujourd'hui il fait très beau. Par terre c'est encore glissant à cause de l'orage mais il fait beau, tellement beau que le soleil ne fait voir que le contour des choses. Le pain est cuit, il tiédit à l'air libre et Paul se promène dans les sillons. C'est la fin d'après-midi. Il a pris le chemin qui mène à la cime de l'Osanne. Il regarde devant lui et d'un coup il rebrousse chemin. Alors il pense à une discussion qu'il avait eue avec Galel, une fois. Paul lui avait demandé s'il ne se lassait pas de faire toujours les mêmes tours, toujours les mêmes trajets, année après année. Galel avait eu l'air très étonné et il n'avait pas répondu.

Mais après, autour du feu pendant le soir, il avait dit qu'il n'y avait jamais pensé. C'est tout, il n'avait dit que ça. Jonas était là aussi, il avait demandé : à quoi ? Alors Galel lui avait expliqué la question de Paul. Il y avait eu un silence et Jonas avait demandé à Galel : et maintenant tu y penses ? Il avait dit non.

C'était comme la fois où Josef avait rencontré Galel pour la première fois. Il lui avait demandé pourquoi il était guide et Galel avait répondu : parce que. Josef s'était mis à rire, il avait dit : c'est bien.

Et tandis que Paul marche, ses anciens mouvements reviennent le prendre dans les jambes, dans son dos, dans la façon dont il se tient. Il pense à son ami Galel et il se dit : il est vraiment drôle. Il se souvient du premier repas qu'ils avaient pris ensemble. Galel mangeait tellement. Il a un appétit incroyable. Il mange avec tellement de bonheur. Paul avait pensé que c'était fou, pour un petit gars comme ça. Et puis quand il avait fallu dormir, Galel n'était pas fatigué. Il était resté dehors, juste un moment encore et on ne sait pas combien de temps ce moment avait duré. Paul s'était réveillé plus tard dans la nuit et dans le lit d'à côté il y avait Galel qui dormait. Ça lui avait fait bizarre de le voir dormir. Parce qu'il avait exactement le même visage que lorsqu'il était réveillé. Pourtant il était profondément et absolument endormi.

Tout paraissait tellement évident, pour Galel. Marcher, manger, dormir. Simplement marcher, manger, dormir et faire ça avec de la joie. Et quand il y a du chagrin, simplement se consoler et se remettre à marcher.

Le lendemain Galel était le dernier debout. Il a sa manière à lui de se réveiller : il dort et tout à coup il est réveillé. Il passe d'un état à l'autre sans problème. Il ne revient pas au monde comme tout le monde.

Paul se souvient de tout ça alors qu'il marche. Il est sur un versant de la colline, côté val du Tesor. Il entend quelqu'un qui l'appelle. Il s'arrête et Jonas le rejoint. Ils lèvent les bras, chacun, comme pour dire : enfin ! Ils rient. Jonas a huit personnes autour de lui, ils ont l'air gentil. Aussi ils ont l'air timide quand leur guide presse le pas pour rejoindre le gardien de cabane. Ils se serrent la main, fort. La première chose que Jonas lui dit c'est : t'as vu tout ce qu'il a tombé, hier ? Et Paul rit, il hoche la tête. Ils remontent ensemble la petite colline bleue, ils s'appuient contre leurs jambes pour ne pas glisser dans la pente. Dessus ils voient des traces de pas dans la terre boueuse. Ils regardent la Baïta et là ils voient Galel. Il est avec Ariel et Petite Étoile. Il se tourne vers eux, il fait de grands gestes. Alors Paul se sent soulagé et Jonas aussi. Ils vont à lui. Galel les prend dans ses bras.

Quelque chose a changé. Paul a senti une chose, il ne sait pas quoi. Il regarde Jonas. Son visage à lui aussi s'est légèrement bouleversé. Personne d'autre n'aurait remarqué, mais Paul le connaît bien maintenant. Tout de suite après ils ont oublié parce que Galel est là, qu'ils sont les trois réunis et qu'il y a des choses à faire, des choses dont il faut s'occuper avant le repas du soir. Ils pensent, chacun pour soi : ce n'est rien.

On se lave, on choisit une couchette, on boit un verre. On va voir les animaux, on essaie de les caresser, on les laisse sentir notre main. On va à l'auberge pour le souper, on mange une grosse platée de pâtes aux champignons, on boit du vin et on nettoie son assiette avec des tranches de pain qui ont des formes bizarres. La soirée est belle. Dans leur coin de table Jonas, Galel et Paul racontent leur saison jusque-là. Paul donne des nouvelles de Josef, qui est venu il y a quelques jours. Il va bien, il avait son fils avec lui. Ils avaient l'air tout content et le fils semblait très fier d'accompagner son papa. La soirée est belle et puis on va se coucher, quelques-uns boivent un dernier verre. Eux, ils ont allumé leur feu. Et cette fois aucun ne parle. Silencieusement ils contemplent le feu, et les flammes font un bruit qui ressemble à celui que ferait un troupeau d'animaux qui galopent. À un moment Galel prend un bout de bois, il est embrasé au bout. Il le tient des deux mains et on dirait qu'il porte un flambeau. Paul et Jonas le regardent et lui il regarde le flambeau. Il lève la tête, il dit doucement : je me suis fait mal.

* * *

C'est dans la chute que ça s'est passé. D'abord il n'a rien remarqué. Évidemment, ça l'avait chamboulé. Mais ensuite il avait repris la marche comme si de rien n'était. Celui qui avait glissé s'était remis de son émotion, les autres aussi, alors il avait ordonné qu'on continue. C'est là, dans le mouvement, qu'il a senti. Il y avait quelque chose de nouveau, quelque chose qu'il ne connaissait pas. Ça ressemble à de la douleur, mais c'est une gêne. C'est dans la jambe gauche, d'abord au milieu. C'est dans le genou et ça fuse le long du tibia jusqu'au pied, ça remonte dans la cuisse jusqu'au bassin et puis dans le dos jusqu'au cœur. Galel avait pensé : quelque chose ne va pas. Il ne s'était pas arrêté. Vu comme ça rien n'avait l'air d'avoir changé. Le guide marchait devant avec toujours ce même rythme, avec toujours cette belle démarche de celui qui sait où il va. Mais alors la gêne était là et Galel sentait une profonde déchirure. Comme si un petit caillou s'était décroché dans son genou. Il a pensé à la chute dans le pierrier : un seul caillou et c'était tous les autres qui avaient glissé. Un petit bout de pierre se délie et c'est l'ossature entière qui est bouleversée. Galel marchait. Il faisait comme d'habitude : il encourageait sa troupe. On aurait pu les entendre rire à la ronde mais il n'y avait personne d'autre qu'eux sur ce chemin. Ils ont atteint l'hôtel Alsane en fin de journée. Galel avait dit bravo à tout le monde, il avait dit : ce soir je vous paie un verre à tous parce que ça a été une drôle de journée ! Il était allé dire bonjour à Vinciane, il l'avait prise dans ses bras. Elle était contente de le voir et elle n'avait rien remarqué du tout. Il était pareil à tout le temps.

Les gens de la troupe de Galel avaient ôté leurs chaussures, ils déambulaient en chaussettes dans la salle de l'hôtel. Ils sont tous allés sur la terrasse et Galel a commandé de grandes bières pour tout le monde, et puis il a trinqué à la journée. Les marcheurs ont levé leur verre pour lui, pour lui qui avait sauvé la journée. Ils avaient bu en regardant les montagnes devant eux. Ensuite ils s'étaient un peu séparés, ils sont allés se doucher, ils sont allés dans le dortoir défaire leur bagage pour la nuit, ils se sont allongés un moment avant le souper. Et Galel était resté sur la terrasse.

Vinciane l'observait depuis l'intérieur. Il était dos à elle. Il s'est penché en avant. Il a commencé à enlever ses chaussures, lentement. Et puis il est resté comme ça, visage penché, et il avait la main sur son genou gauche. Ça a duré un long moment et Vinciane le regardait toujours. Puis il s'est levé d'un coup. Il s'est retourné et Vinciane a vu son visage. Et pour la première fois elle a vu un visage inquiet et à cet instant c'est comme si ce n'était plus celui de Galel. Il lui avait souri, gentiment, et il était rentré, il est passé près d'elle. Il ne lui a rien dit.

Le lendemain il boitait un peu.

* * *

Galel raconte ça à la lueur du feu. Et pendant qu'il raconte on remarque que ses épaules se sont affaissées. Sa tête a ployé contre le sol. Il ne faisait rien que regarder par terre, rien que creuser ce sol des yeux pour se perdre dedans. Il y a ce crépitement des flammes et autour ce silence de la nuit. Jonas ne sait pas quoi faire et Paul ne sait pas quoi dire. Tout à coup Galel relève la tête, il hausse les épaules, il dit : c'est pas grave, ça ne me fait pas vraiment mal. Et doucement Paul lui demande : mais quand même, tu as mal ? De nouveau Galel hausse les épaules, il dit qu'il ne sent presque rien.

– Je pensais que ça passerait tout seul, dit-il.

Paul demande s'il est allé voir un médecin et Galel répond qu'il a vu un docteur cet hiver. Parce que depuis l'été, depuis cette chute, c'est comme si son corps continuait de s'effondrer. Il ne boitait plus, mais il ressentait une sorte d'écroulement, tout le temps, et ça a fini par lui faire peur. Jonas tousse un peu, il demande : et qu'est-ce qu'il t'a dit, le docteur ? Alors Galel sourit, il secoue la tête en riant un peu.

– Il dit que je ne pourrai plus marcher.

Le feu allait s'éteindre, le rougeoiement se décolore un peu. Galel souffle sur les braises, il soulève des brins de charbon et on sent une violente odeur de cendre. Ça se rallume juste un peu, alors leurs trois visages s'éclairent faiblement. Jonas s'énerve, il demande : comment ça ? Et tout de suite après il crie presque : explique ! Alors Galel explique.

Quelque chose s'est rompu dans son genou gauche et ça peut continuer à se casser et avoir une incidence sur tout son corps. C'est une blessure qui peut lui coûter la jambe entière et ça peut s'étirer jusqu'à sa colonne vertébrale. Surtout s'il continue de marcher. Paul demande : mais comment ça ?

– Ça veut dire que je ne pourrai plus marcher normalement. Je boiterai et j'aurai toujours mal. Là ça va mais ça peut s'aggraver alors on m'a dit qu'il faudrait que j'arrête et que je fasse autre chose.

Après Galel hausse les épaules, encore, et il ne dit rien. On dirait que Paul va pleurer tellement ça le surprend, il secoue la tête et alors Galel dit : ça ira.

Ils se taisent. Jonas regarde Galel, gravement il lui dit : tu devrais arrêter.

– Mais non ! crie Paul.

– Et s'il faut lui couper la jambe, il aura l'air malin ! rétorque Jonas.

Ça fait rire Galel. Un silence passe, un autre. Le feu n'éclaire plus leur visage, seulement leurs mains. Dans l'obscurité il y a la voix de Jonas qui se lève et on l'entend qui dit que des fois il faut se résigner. Et puis celle de Paul, comme une plainte : mais non.

Galel se tait, on l'entend qui respire. La lumière s'éteint complètement. Il n'y a plus de bruit. Et tout à coup, Galel s'exclame : vous êtes encore là ? Et eux, ça les fait rire.

Le jour d'après il fait grand beau et il fait très froid. Il est tôt. Galel est sur le départ. Il va dire au revoir à ses amis. Ils ont l'air gênés, ils n'osent pas lui dire : à l'année prochaine. Galel comprend, c'est lui qui leur dit doucement : ne vous inquiétez pas trop, c'est rien du tout.

Il met son sac sur le dos, il s'assure que le piolet est bien attaché à sa ceinture. Paul s'écrie :

attends ! Il court dans l'auberge et revient avec un pain emballé dans un joli linge blanc. Il le met dans le sac de Galel. Lui il fait un signe à son groupe, qui s'approche de lui. Ils sont prêts et ils attendent le signal de départ. Galel dit : on y va ! et ensuite il regarde ses deux amis et il leur dit : et nous on se voit l'année prochaine. Ils hochent la tête. Galel tourne les talons, il se laisse aller à la route. Il fait un grand signe d'adieu sans se retourner, et alors le soleil l'imprègne d'un éclat glorieux.

* * *

Après Jonas a encore un tour de prévu et ce sera la fin de la saison. C'est un tour d'une semaine complète, avec quinze personnes inscrites. C'est le tour du massif des Sœurs Atular. Ce sera des grosses journées d'environ six heures de marche. C'est un terrain à vache, ça veut dire que ce n'est pas de la haute montagne. C'est un parcours assez facile, c'est juste long. Beaucoup de gens veulent faire ce circuit parce que c'est très beau. Combien de fois Jonas l'a-t-il fait ? Beaucoup. Il a commencé sa carrière avec ce tour-là. Il le connaît par cœur, c'est comme s'il suivait ses propres empreintes qu'il a apposées année après année. Il aime ce massif, il aime les Atular. Ces trois sœurs se nomment la Sigir, la Spada et la Lance. Elles sont d'un beau vert pâle et elles émergent d'une terre luxuriante. Les chemins ont été créés à travers de grands arbres aux épines bleues et à l'écorce d'un beau brun sanguin. Elles sont recouvertes de grappes de résine. Par terre il y a des pommes de pin et des buissons en fleur. On tourne autour du massif, les Sœurs semblent veiller sur les marcheurs. Et pour la première fois Jonas n'a pas envie d'y aller. Il s'en rend compte à la veille du départ.

Il est chez lui, il organise ses bagages. Il rentre toujours entre deux tours, par exemple pour faire la lessive et aussi parce qu'il doit bien dormir quelque part. Il est chez lui et il range des sachets de soupe dans son sac. Il se prépare sans réfléchir à ses gestes.

Il a tellement l'habitude qu'il sait quelles affaires il doit emporter. À la veille de chaque départ, il a son cœur léger et à chaque battement il s'ouvre un peu plus. Il ressent toujours une immense et belle impression de changement d'air même si pourtant l'air est le même partout. Il se dit : et alors ? et il sent son cœur qui continue de se délier. À chaque fois il se réjouit, mais pas cette fois. Aujourd'hui il ne sent rien. Aujourd'hui ça lui est égal de partir. Il s'arrête de faire son sac.

Il est debout dans sa chambre, la plus grande pièce de son appartement. Il est debout et il pose la main sur sa poitrine, là où il y a le cœur. Et ce cœur est indifférent. Alors un grand malaise étreint Jonas.

* * *

Là-haut vers la grande Osanne Paul cuit le pain et il est moins bon que d'habitude. Pas mauvais, mais c'est qu'il manque de goût. D'abord Paul hausse les épaules et il se dit tant pis, et puis il s'énerve. Lentement la colère lui vient. Il voudrait jeter ce pain et en faire d'autres, des meilleurs. Mais il ne faut pas gâcher. Ça l'énerve. Il tourne en rond dans la cuisine de la Baïta. Il a cuit trois pains et ce sont trois grands pains avec une belle croûte dorée et décorée de fleurs de farine. Ils sont encore chauds. Il a découpé une tranche dans l'un d'eux pour son repas, il prend un couteau pour trancher la deuxième miche et celle-là est pour le souper, normalement. Il se dit que peut-être celui-là est bon. Mais non, il manque de saveur lui aussi. C'est fade et quand on croque ça n'a pas la même consistance que d'habitude, ça ne crée pas le même plaisir. Paul ne veut même pas manger toute la tranche, il la jette. Il prend le troisième pain, il découpe un bout. Il essaie. Celui-là lui laisse un goût amer. Paul soupire. Il n'est plus fâché. Ce n'est pas qu'il s'est calmé, c'est qu'une grosse fatigue s'est abattue sur lui, une vieille et lourde fatigue. Il pense, en regardant les trois pains tout frais et entamés : quel gâchis. Et il reste debout dans la cuisine. Il regarde les pains, il secoue la tête et il se répète : quel gâchis. Il est debout et tout à coup sans aucune force. Et ça lui revient, cette horrible sensation. Ça lui revient du plus profond de son cœur, là où c'est le plus enfoui : la sensation d'être impuissant. Parce qu'alors il pense qu'un jour il a cessé de marcher. Il y a eu cette chute qui avait entraîné la sienne. Il pense à son frère. Et quand il pense à lui il est désarmé, sans défense dans l'enceinte de la Baïta, et il regarde là-bas et il se souvient.

* * *

Jean était paysan comme l'étaient son père et sa mère et avant eux leurs parents, et avant eux tous les pères et toutes les mères. Tout petit il aidait à la ferme. On lui demandait ce qu'il voulait faire plus tard et il répondait : paysan. Et ce plus tard était déjà là puisqu'il était né paysan, dans le son des cloches et parmi les animaux. Il aimait son métier. Il travaillait avec ses parents. Ils avaient des vaches et un taureau et aussi des chevaux. Ils vendaient du lait et ils s'occupaient de leurs quelques champs. Ils cultivaient du blé et l'année d'après du seigle, du maïs et l'année d'après de l'avoine. Ils ne se reposaient jamais sauf le dimanche, mais pas chaque dimanche.

Tous les matins Jean allait traire les vaches à six heures et puis il partait aux champs. Pendant ce temps son père s'occupait d'un autre champ et sa mère d'un autre champ encore. Ils étaient les uns près des autres mais ils travaillaient seuls parce que souvent on est seul dans ce genre de métier.

Jean était dans son tracteur et parfois il arrêtait le moteur pour laisser le silence venir à lui. Il observait le troupeau de loin. C'était le troupeau de ses parents et avant ça celui du grand-père. D'abord il n'y avait qu'une vache et puis il y en avait eu d'autres et ensuite des chevaux. Jean allait reprendre la ferme familiale, c'était ça qui était prévu.

Les parents travaillaient toujours mais beaucoup moins que quand ils étaient jeunes, et aussi beaucoup moins bien. Ils se reposaient sur leur aîné. Et cette confiance donnait de l'énergie au fils. Il en fallait beaucoup pour survivre à ce rythme : la traite, le travail au champ, et surtout toutes les tâches administratives que personne ne comprenait à part lui.

Jean était grand et large et il était timide. Des fois il chevauchait et alors il n'y avait pas plus majestueux que lui. C'était beau de le voir à cheval. C'était un maître sur sa terre et c'est cette terre que Paul a quittée un jour. Et puisqu'il avait choisi de s'en aller il s'en allait, toujours. Il disparaissait et des fois il revenait. Il partait seul ou avec des copains pour se perdre dans ces sommets qui toisaient le village. Un jour il est revenu plus longtemps et il a dit aux parents et au frère : j'aimerais être guide de montagne. Parce qu'un formidable amour l'avait pris : celui des montagnes. Un amour simple, puissant et surtout inexplicable. Alors il a suivi une formation et on lui a donné un diplôme où c'était marqué que, désormais, il était guide. Et Paul marchait. Il revenait à la fin de l'été et il aidait aux travaux agricoles. Il était là mais pas vraiment là. Il était toujours sur le départ. Il disparaissait au mois de juin. Les parents étaient déçus. Ils auraient aimé que leurs deux fils reprennent ensemble l'exploitation. Parce qu'ils savaient tout le travail que c'était et on était jamais trop de deux. Mais l'aîné semblait gérer l'affaire, ils se rassuraient et ne posaient aucune question. Alors ils ne savaient pas que la ferme était dans la difficulté. Jean le leur cachait. Il ne disait pas que tout devenait plus cher et qu'ils étaient mal payés et pas seulement en rapport au travail abattu. La ferme a commencé à avoir des dettes. Jean se débattait dans les difficultés administratives. C'était des centaines de pages, des feuilles avec des ordres et des menaces écrits en rouge. Et tous les matins il allait traire comme si tout allait bien. Les journées défilaient et lui il sombrait. Les parents ont fait semblant de ne rien voir parce qu'ils ne voulaient pas voir. Le petit frère, lui il savait mais il n'était pas là. Jean le rassurait et lui disait ne t'inquiète pas, parce qu'il voulait que son frère soit libre.

Quand on les voyait ensemble on disait voilà Jeannot et Paulo, comme quand ils étaient enfants.

Un jour le petit frère a proposé de lui changer les idées. Il lui a proposé de faire un tour avec lui. Jean ne voulait pas. Il ne pouvait pas quitter la ferme comme ça. Mais Paul a insisté. Il voulait lui montrer son métier à lui. Alors Jeannot a dit oui, il a dit : mais de toute façon tu ne fais que des grands ronds par terre et Paul avait répondu : oui peut-être, mais toi tu ne fais que de la trancher et de mettre des trucs dedans. Jean avait ri. C'était la première fois qu'ils faisaient une marche ensemble. Jean aimait mieux les terrains plats mais il avait l'air content.

Il était surtout content de voir son petit frère tellement heureux. Ils ont fait un bout du tour de Saingal, là où on passe près de l'Osanne. Ils étaient à flanc de coteau, et d'un côté il y avait une espèce de vide. Paul marchait derrière. Il observait son frère, ce frère immense qui avançait d'un pas léger. Ils étaient sur ce petit chemin encombré de quelques cailloux un peu glissants, avec le gouffre qui s'ouvrait juste en dessous. Ils étaient presque au bout. Si proches que Jean aurait pu tendre le bras et atteindre ce bout. Au lieu de ça ses bras restaient tranquilles, ses mains étaient calmes aussi. Et alors il y a eu un mouvement brusque. Un genou de Jean qui a plié. Il y a eu un cri mais ce n'était pas vraiment un cri. C'était un son étouffé. Le même que ferait quelqu'un qui recevrait un grand coup de poing dans le ventre. Et alors ses mains se sont ouvertes. Elles étaient grandes ouvertes et alors elles apparaissaient tellement énormes, tellement démesurées par rapport au reste du corps et ce corps n'était alors plus qu'une espèce de grande masse pliée en deux à cause des genoux. Et puis en trois parce que Jean s'était replié sur lui-même. Il baissait la tête pour ne pas voir. Mais au-delà de cette masse, au-delà de Jean il y avait quand même ces deux mains lancées en avant, qui semblaient vouloir désespérément s'accrocher à quelque chose. Les paumes d'abord l'une en face de l'autre et puis, pour finir, tournées vers le ciel. Mais alors il n'y avait rien qui pouvait le retenir. Le corps était appelé au vide. Jean tombait. Et il ne criait pas. En fait il n'y avait presque aucun bruit à part le crissement des cailloux. Mais il y a eu cet autre son : ce petit bruit sourd.

Alors de nouveau le silence tandis que des volutes de poussière s'élevaient de là où il était tombé. Paul restait figé là. Ça s'était fait tellement vite. Il est resté un long moment comme ça, sans bouger, sans rien faire.

Il avait dit à leurs parents que c'était un accident. Mais lui il avait vu son frère qui regardait le vide, qui le regardait tellement qu'il finissait par le traverser et par s'enchaîner à lui. Et lui, le petit frère, quelque chose s'était alors complètement immobilisé en lui. Alors il avait cessé de marcher. Il ne voulait plus faire ce métier. Et en fait c'est surtout qu'il ne pouvait plus. Parce que ce grand vide où avait disparu Jeannot c'était devenu le sien, un creux triste qu'il portait en lui et qui alourdissait son chemin.

* * *

Ailleurs il y a quelqu'un qui avance dans l'immobilité de l'aube. On suit une route qui n'est pas vraiment une route. On poursuit le jour et on est seul. C'est Galel qui est sur un nouveau passage. En fait c'est un ancien chemin. Il paraît que c'est par là que passaient les contrebandiers. C'était il y a longtemps, c'était quand ils se faisaient pourchasser et qu'ils devaient semer ceux qui les suivaient. C'est une histoire qu'on lui a racontée. Il ne sait pas si c'est vrai, mais le chemin se découvre. Il y a une voie et tandis qu'il avance elle se dévoile parmi les hautes herbes. Il est parti du village, son village qui n'est que quelques chalets et où on raconte des histoires de gens qui devaient fuir. Il prend le même chemin d'échappée, il faut passer par la montagne qui s'appelle Uvarose. Galel marche, il enserre les sangles de son sac à dos et le piolet se balance doucement à sa ceinture. Il regarde par terre. Parce que s'il regardait devant lui il ne saurait pas vraiment par où passer. Ça a été dissimulé et puis oublié. Mais lui il voit l'ancienne traversée, les vieilles ondulations d'un sol qu'on a piétiné. Surtout, il devine. Il pense : moi je serais passé par là. Alors il va par là et il voit qu'il avait raison.

À un moment il faut franchir une petite rivière, elle serpente à travers des buissons. De l'autre côté il n'y a rien, simplement l'étendue. Galel s'arrête, il se dit : moi j'aurais remonté l'eau.

Alors c'est ce qu'il fait, il marche dans l'eau de la rivière. Il y a de gros cailloux sur lesquels il peut poser le pied, mais la rivière est en fait un simple filet d'eau alors on peut marcher là sans trop tremper les chaussures. Il monte vers la petite cascade et là se dresse un grand sapin. Derrière il y a un passage, il est abrité par les arbres. Galel continue. C'est le moment où ça commence à monter vraiment. Il s'appuie de tout son poids, ses cuisses chauffent. Son ventre se contracte, c'est son corps entier qui se tend en avant. Peu à peu les arbres disparaissent. D'ici Galel peut voir tout ce qu'il a monté et il ne pensait pas que ce serait autant. Il pense aux fuyards et à leurs poursuivants. Là où il est, il est caché. Personne ne songerait à lever la tête pour regarder là. Ça le fait rire. Et puis il regarde le paysage.

La vallée ouverte et calme devant lui, et lui devant elle. Il soupire. Il continue.

À ce moment il n'y a plus que l'Uvarose. On est sur son flanc. On a dû sculpter les pierres avec de gros outils pour pouvoir faire un chemin un peu plat. C'est un mince chemin avec le vide d'un côté et de la pierre partout. Galel avance. Il y a de la place pour se tenir debout et marcher presque normalement, mais on ne pourrait pas être deux personnes côte à côte. Galel se dit qu'il faudrait mettre une main courante. Creuser la montagne et lui apposer des chaînes pour pouvoir se tenir.

Il continue, parfois il doit se baisser parce que la voie a été creusée sous un gros rocher qui dépasse. Il va très lentement, ça glisse un peu. Il va lentement mais il n'a pas peur. Il continue de regarder ses pieds et il a la main posée contre la paroi, elle l'effleure. Ça fait qu'un peu de poussière grise s'encastre dans les lignes de ses doigts. Il y a longtemps des gens devaient courir là, rire là. Se réjouir d'être invisible et d'avoir échappé. Ça fait sourire Galel et il lève la tête. Un caillou se décroche, plus haut. Il dégringole et frôle son épaule et disparaît dans le vide. On n'entend pas quand ça finit de tomber. On n'entend qu'un grand silence. Alors Galel a la tête qui tourne un peu. Il s'arrête. Il s'assied par terre, il a juste la place pour s'asseoir. Il inspire longuement. Il attend d'aller mieux. Il regarde sous lui, il regarde ce vide immense et son cœur lui fait mal à force de battre aussi fort, ça pulse jusqu'à ses yeux qu'il doit fermer. Sa tête lui tourne toujours un peu. Il ouvre les yeux, il lève la tête et alors il regarde devant lui. Il pense que c'est beau. Il pense qu'il a tellement de chance de voir ça. Et doucement son cœur se calme. Tout à coup il a envie de pleurer. Mais au lieu de ça il se relève et se remet en marche. C'est seulement à ce moment qu'il pleure : quand il avance. Il a toujours la tête baissée alors les larmes tombent sur les pierres et roulent sur elles. Elles font une trace plus claire sur la roche, un trait tout fin. Et Galel pleure. Son visage ne change pas vraiment. Ce sont les yeux seulement, seulement les yeux qui sont tout embués. Il pleure parce qu'il a peur. L'autre jour il a revu le médecin. Il lui a dit qu'il voulait l'opérer. Il faut ouvrir son genou et remettre des choses en place dedans. Galel avait demandé : mais alors je pourrai continuer mon métier normalement ? Le docteur lui avait répondu qu'il ne savait pas. Et ce doute avait résonné, il s'était heurté à Galel. Il s'était senti comme tous ces cailloux du pierrier. Puisqu'il s'effondrait, lui aussi. Pendant ce temps le médecin continuait d'expliquer : si vous arrêtez votre métier, votre jambe fonctionnera normalement toute votre vie. Si vous n'arrêtez pas, je ne sais pas ce qu'il se passera.

– Et si je ne fais rien du tout ? avait demandé Galel.

– Vous aurez de plus en plus mal et la blessure s'étendra, vous aurez des problèmes de dos. De toute façon il faut opérer.

Et Galel avance, la main toujours sur la paroi de l'Uvarose. Elle paraît lisse et le chemin fait comme une cassure sur elle, comme un pli dans un tissu. Le manche du piolet tinte contre la pierre tandis que les bruits de pas font frémir le sol. Galel ne pleure plus. Il frotte sa figure d'un geste brusque, il essuie les larmes comme si elles n'avaient pas été les siennes. Il n'avait pas fait attention avant, mais il y a des choses gravées. Des choses qu'on n'arrive pas à lire ni à déchiffrer sur la paroi. Galel se demande si ce sont les contrebandiers qui ont fait ces traces-là. Ces fugitifs qui connaissaient tellement bien leur montagne. Il prend son piolet dans la main droite. Pendant un instant il se dit que lui aussi il voudrait laisser une empreinte. Il voudrait gratter la roche avec le métal, tracer des lignes qui sont les lettres. Il aimerait écrire son nom. Mais il remet le piolet à sa ceinture. Le soleil est haut, il éclaire l'Uvarose et lui donne sa teinte rosée. Ce serait impossible de voir Galel là, avec cette lumière. Au mieux, on verrait une forme qui bouge. Ensuite il y a une gorge de pierre qui est une artère.

Il faut escalader ce couloir. On ne voit pas ce qu'il y a après, des espèces de grandes marches. Elles sont taillées dans le quartz et ça peut couper comme une lame, mais il faut quand même utiliser ses mains pour se hisser. Il y a des touffes d'herbe jaune avec parfois des petites fleurs qui poussent dedans. Là aussi Galel se dit que ce serait bien d'avoir une corde, si un jour ça devenait un chemin pour les randonnées un peu difficiles. Ce serait utile, il faudrait en parler au club alpin. Il brandit ses bras plus haut que lui, au-dessus de sa tête et il se soulève. Alors il parvient en haut. On est dans le versant de l'Uvarose. Ce n'est plus rose comme avant. Devant lui se déploient des gros blocs qui ont une couleur rouge. Comme ça ils ressemblent à des morceaux de viande crue. Il pose un pied sur un de ces blocs, et puis l'autre pied. C'est stable alors il y va, il commence à descendre. Et il est dans cette masse rougeâtre, et il sent quelque chose dans son genou. Il sent la douleur qui est là, tout le temps là maintenant, logée dans la jambe. Tout à coup il a de la peine à plier et étendre correctement le genou, à bien poser son pied.

Au-dessus de lui il y a un oiseau noir qui vole, il se laisse porter dans les courants. Et d'un coup Galel découvre une plaine. Il quitte les blocs rouges et ça lui fait presque bizarre de se réhabituer à un autre sol. Il est maintenant sur une herbe rase et sèche, elle est un peu jaune comme du foin. On pourrait dire que c'est nu et rude, ici. On pourrait dire que c'est un pauvre paysage tellement rien n'entrave le regard. Sauf une petite maison, là bas. C'était probablement à cet endroit qu'on se reposait, à l'époque. Là qu'on fêtait, parce que cette maison est un abri. Lui il se couche sur la terre. Et il reste dans cette alcôve de l'Uvarose. Il inspire profondément l'air. Comme ça il ne voit que le ciel. Ce n'est pas la première fois qu'il découvre un endroit comme celui-ci. Il a fait ça toute sa vie : marcher et contempler, donner des directions, suivre des chemins et se faire suivre, découvrir des cabanes et des angles de montagne. Faire les mêmes tours, année après année. Rencontrer des gens qu'il ne reverra jamais. À chaque fois se dire qu'on ne veut rien d'autre que vivre ces moments-là, et en échange simplement continuer à marcher en se disant que ça vaut la peine. Parce qu'alors on comprend cette importance de passer parmi les choses qui existent depuis les premiers jours. On pourrait penser : quelle banalité, finalement.

Mais Galel pense, au plus profond de lui : quel bonheur, pourtant. Sa douleur s'est un peu calmée. Et puisqu'il est seul il recommence à pleurer et il pleure comme un enfant perdu.

* * *

C'est l'hiver. Jonas est levé avant le soleil. Ici comme en montagne c'est le moment le plus froid du jour. Galel va se faire opérer ce matin. Jonas le sait parce qu'il lui a téléphoné pour le prévenir. Il ne l'appelle jamais normalement. C'était le jour d'avant, il lui avait annoncé : voilà, demain on va m'ouvrir le genou. Il avait une voix calme. Jonas lui avait dit : alors tu t'es décidé, c'est bien. Et puis avec une voix plus faible : bon courage. Après il avait raccroché. Galel allait se faire opérer. On allait l'endormir et il serait à l'hôpital. Il allait se réveiller après l'opération dans une chambre qu'il ne connaîtrait pas et il serait tout seul.

Il y a environ six mois ils avaient fait le pèlerinage annuel à la Baïta. Galel était là mais pas vraiment là. Il avait expliqué ce que son médecin lui avait dit : il fallait l'opérer. Paul avait demandé : mais tu vas faire quoi alors ? Galel avait haussé les épaules, très longtemps. Alors tous les trois ils savaient que c'était peut-être la dernière fois qu'ils étaient ensemble comme ça. Vinciane était là aussi, comme si elle avait deviné. On s'était tous forcés à être de bonne humeur. Ça n'avait pas été un bon moment et pour la première fois Jonas avait été soulagé de quitter ce refuge. Et il ne sait pas quoi faire. Il va sur son balcon. Le soleil se lève et il téléphone à Paul. Il a dû chercher son numéro, il ne le connaît pas par cœur. Ils ne s'appellent jamais. Et Paul ne répond pas, ça sonne dans le vide. Jonas réfléchit, il dit à voix haute : merde. Il dit encore : merde, c'est trop bête. Il sait où se trouve sa ferme. Il n'est jamais allé, mais il sait.

Une grande impatience l'a saisi. Aujourd'hui c'est samedi, il a congé. Il met ses chaussures et puis son manteau. Il met son chapeau en cuir et il ferme la porte de son appartement. Il va au village voisin. Pour ça on doit prendre un petit train et puis un bus. Ce n'est pas loin mais le trajet est long parce que les correspondances ne correspondent pas.

Il a dû attendre le bus assez longtemps. Ensuite il s'est retrouvé dans ce village. Il connaît ce village, il est venu plusieurs fois quand il était jeune pour faire la fête avec les copains. Ici les habitants sont connus pour être généreux et c'est moins cher que dans les autres villages touristiques. Parfois aussi Jonas part de là, c'est un point de départ pour la randonnée de la Dent

Bleue. Il n'est jamais allé chez Paul. Mais combien de fois il est passé devant cette ferme, avec ses cloches de vache suspendues à la façade. Il entend un hennissement. C'est Ariel. Elle est dehors, elle est sortie de la grange. Il va vers elle et soudain c'est Petite Étoile qui apparaît. Normalement il ne les aime pas, ces bêtes. Galel dit qu'il a peur des chevaux et des vaches et Jonas dira toujours que c'est faux, il s'énervera. Mais c'est vrai, il ne s'approche jamais de ces animaux parce qu'il n'est pas rassuré. Mais là il est soulagé de voir la jument et la petite vache. Il reste à les regarder, à distance. Il leur crie : qu'est-ce que vous regardez vous ? Alors il entend Paul.

– Elles vont pas te répondre tu sais, il dit en riant.

Il s'approche de Jonas, tout heureux, et Jonas va aussi vers lui. Mais soudain ils s'arrêtent, en même temps. C'est qu'ils sont gênés tout à coup. C'est comme s'ils se souvenaient qu'ils existaient en dehors de la Baïta et ce dehors est moins bien. Ils ne sont pas censés se voir ainsi. Est-ce que c'est vraiment eux ? Ils ont perdu leur bronzage, ils ont un air un peu gauche. Ils ont les yeux plus ouverts, mais on dirait des yeux évacués. On dirait des gens inachevés. Simplement parce qu'ils ne sont ni l'un ni l'autre là où il faut être pour être entiers. Et pour eux ce n'est pas ici.

Ils restent là, bêtement, en face l'un de l'autre. Alors Paul fait un geste vers la ferme, il propose d'aller à l'intérieur. Ils vont dans la maison et ils sont silencieux. Paul dit qu'il peut réchauffer du café, Jonas hoche la tête. Ils sont intimidés. Paul parce que c'est la première fois que Jonas est chez lui, Jonas parce que c'est la première fois qu'il est chez Paul. Il regarde autour de lui, il dit : c'est joli chez toi. Mais tout de suite après l'avoir dit il se racle la gorge comme s'il regrettait déjà d'avoir dit une banalité pareille. Paul secoue la tête, il sourit maladroitement, il répond : oh, tu sais, et il ne finit pas sa phrase.

Il va à la cuisine pour servir une tasse de café. Quand il revient Jonas n'a pas bougé. Et pour la première fois Paul voit que Jonas est vraiment quelqu'un de grand. Ça se remarque moins, là-haut.

Ici la pièce paraît avoir rapetissé. Tout ça ce n'est pas à la taille de Jonas. N'importe quoi avec un toit et des murs n'est pas à sa taille. Paul soupire et il se sent devenir tout petit lui aussi. Il demande : alors qu'est-ce que tu fais là ?

– C'est Galel, répond Jonas.

– Eh bien, quoi ?

– Il se fait opérer et je me suis dit que ce serait bien qu'on aille lui dire bonjour.

Ils se regardent droit dans les yeux. Paul secoue la tête et puis il demande avec une petite voix : tu crois ? Jonas hausse les épaules, il dit : oui je crois. Mais au fond de lui il a peur, comme Paul. Ils ont peur de découvrir Galel dépeuplé de lui-même. Ils ont peur de le voir abattu parce que jusque-là Galel a été leur armure contre leur propre abattement. C'est maintenant qu'ils s'en rendent compte. Et puis, simplement, c'est leur ami. Ils craignent sa tristesse, sa défaite.

Mais ils sortent. Jonas demande à Paul s'il a une voiture. Paul fait un geste vers Ariel, il répond : voilà la voiture. Je me mets devant et tu vas derrière. Et il voit Jonas qui se fige alors il éclate de rire, il lui dit : mais t'es bête toi ! Jonas secoue la tête mais il sourit. Ils longent la ferme. Là il y a une vieille voiture qui est garée, c'était la voiture de Jean. Paul ne l'a pas vendue mais il ne l'utilise presque jamais. Et ils vont dans la vallée voisine, à l'hôpital de Tesor.

Là ils ont l'air encore plus maladroits que n'importe où. Paul dit à Jonas : j'aime pas trop cet endroit, et Jonas répond moi non plus. Ils se dirigent vers l'accueil. Jonas ôte son chapeau. Il l'avait gardé tout au long du trajet. Ils sont maintenant à la reception et ils disent : on aimerait voir Galel.

On leur indique l'ascenseur. Ils passent devant la boutique de l'hôpital, là où on vend des magazines, des bonbons et des peluches. Paul s'arrête devant. Il regarde à travers la vitrine, il demande à Jonas : on lui prend des fleurs ?

– Quoi ? Mais pour quoi faire ?

– Je sais pas, ça se fait.

Ils achètent un petit bouquet de fleurs vertes qui ne sentent rien. Jonas dit : on a l'air couillons. Paul hausse les épaules, il dit encore : ça se fait. Ils vont dans l'ascenseur, les portes s'ouvrent sur le troisième étage. On leur a dit que la chambre de Galel est sur la gauche. Ils sont arrivés, ils restent derrière la porte. Ils se regardent et Jonas toque d'abord légèrement et puis il frappe franchement. Une voix leur dit d'entrer. Alors ils ouvrent lentement et ils entrent.

* * *

Galel est debout. Il regardait par la fenêtre quand il a entendu toquer. Il voit que c'est Paul et Jonas qui sont là. Ils sont drôles avec leur bouquet, ils ont l'air tellement gênés. Ils sont l'un à côté de l'autre dans l'embrasure de la porte, ils bloquent ce qui se trouve de l'autre côté. Et du côté de Galel il y a une grande lumière, le soleil arrive dans la chambre à travers la vitre. Alors on ne le voit pas bien puisque ça irradie et rend la chambre encore plus blanche. On ne le voit pas bien mais on l'entend, il dit : ben dis donc, vous êtes venus. Jonas répond : ben oui. Et ils restent là les uns en face des autres à ne pas savoir quoi dire. Galel leur demande : ça va ? et eux ils disent : oui oui. Finalement ils s'avancent vers lui. Galel s'est assis sur son lit et ils se mettent sur un autre lit qui est à côté et qui est vide. Ils ne se sentent pas très bien, ça se voit beaucoup qu'ils sont mal à l'aise et ils savent que ça se voit. Mais c'est plus fort qu'eux, ils pensent que ce n'est tellement pas naturel de voir Galel comme ça. À ce moment ils ont l'air bien plus vulnérables que lui alors que c'est lui dans le lit défait, avec la chemise d'hôpital et le trou dans le genou. Paul lui tend les fleurs. Galel éclate de rire et ça les soulage. Après encore ils ne savent pas trop quoi faire, aucun ne sait quelles sont les choses à dire dans des moments pareils. Alors ils se réfugient dans ce qui leur est le plus familier : le silence.

Paul et Jonas se rassurent peu à peu parce que Galel leur paraît comme avant. Il a juste la peau un peu moins hâlée, des cernes sous les yeux. C'est un Galel d'hiver. Mais sinon il est comme le Galel de la Baïta, celui qu'ils connaissent bien. Il est juste là et plus là-haut.

– Tu ressembles à une endive, dit Jonas.

Galel sourit, il répond : une endive avec une jolie cicatrice. Il montre la marque sur son genou. C'est rien du tout, on ne voit presque rien. C'est une ligne un peu boursouflée, un peu violacée avec des fils noirs dessus. De toute façon Galel a un tas d'autres blessures sur le tibia et même sur la cuisse, des coupures et des bosses. Cette blessure-là se voit un peu plus, c'est tout. Paul et Jonas observent la plaie et Galel les regarde eux. Et puis il regarde les fleurs et ses mains qui tiennent les fleurs, le lit où il est et ensuite par la fenêtre. Doucement il dit : je ne croyais pas que ça arrivait jusqu'à ce que ça m'arrive. Eux, ils hochent la tête. Ils comprennent.

– Maintenant que c'est fait tout ira mieux, dit Galel.

Quand Paul et Jonas quittent l'hôpital ils ne savent pas quoi penser. Parce que Galel leur a dit ce qu'il avait déjà dit l'été dernier. Qu'il était persuadé qu'il pourrait marcher comme avant, il fallait juste rester tranquille jusqu'à l'été et tout irait bien. Ils avaient hoché la tête. Ils voulaient le croire.

Et c'est là qu'ils ont vu que Galel avait quand même changé. Mais c'était un changement imperceptible. Quelque chose qu'il avait dans les yeux qu'ils n'avaient jamais vu avant.

Peut-être que ça a avait toujours été là, logé au plus profond et que ça se révélait maintenant. Peut-être pas. Galel avait dit encore : de toute façon je ne vois pas ce que je ferais d'autre. Et eux ils avaient encore hoché la tête.

* * *

Jonas ne s'intéresse à rien. C'est comme ça que sa mère parlait de lui. Elle disait aussi : il ne sait rien faire. Jonas était mauvais élève. Ses professeurs ne l'encourageaient pas, ils le punissaient. On reprochait sa fainéantise parce que Jonas n'écoutait pas en classe et il déconcentrait les autres élèves. Mais Jonas n'était pas paresseux. C'est simplement qu'il se disait : à quoi bon ? Parce qu'il ne savait pas ce qu'il voulait faire. Une fois il s'était demandé : à qui est-ce que je voudrais ressembler ? et il ne savait pas. Alors il n'y pensait plus. Et il grandissait et sa mère disait : tu ne sais rien faire. Mais il savait grandir. Il a terminé l'école obligatoire, il a commencé à faire des petits boulots un peu partout. Et il démissionnait de partout aussi. Il se lassait vite. Alors l'argent manquait, il trouvait un autre travail. Il vivait encore avec sa mère. Ils ne se disputaient pas. Ils ne se parlaient pas, ils se croisaient le matin et le soir et c'était tout.

Et un matin ils étaient les deux au même endroit au même moment. Ils étaient dans la cuisine. Il était tôt et c'était dimanche. Sa mère regardait par la fenêtre, elle respirait doucement.

Elle avait dit : la journée va être belle. Jonas n'avait rien dit. Elle s'était tournée vers lui et elle lui avait dit : on pourrait faire un tour.

Comme tous les enfants de la région Jonas avait passé toutes ses vacances parmi les montagnes. Il était habitué à elles, il vivait dans leurs empilements. Sa mère et lui partaient avec leurs voisins dans une caravane et ils vivaient tous là pendant l'été. Les voisins avaient un fils qu'on surnommait Névé. C'était un bon copain de Jonas, ensemble ils fuyaient leurs parents pour escalader des rochers. Névé lui racontait les exploits de ses héros les alpinistes. Il voulait faire comme eux quand il serait grand. C'est Névé qui a tout appris à Jonas et Jonas ne savait pas qu'il apprenait quelque chose. Ensuite les voisins avaient déménagé et il n'avait plus jamais revu Névé.

Ce dimanche-là Jonas et sa mère étaient partis ensemble. Ils sont allés marcher comme avant, là où ils étaient déjà allés, là où ils passaient leurs étés. Jonas marchait vite, comme si ses jambes se souvenaient elles aussi. À ce moment-là il s'était retrouvé soulagé de tout, il était bien. Il s'était rappelé de Névé et des ascensions qu'ils avaient faites ensemble. Quand ils sont rentrés il a dit merci à sa mère.

– Qu'est-ce que tu vas faire maintenant ? elle a demandé, et elle l'a fait très doucement.

Il venait de démissionner de son dernier travail : ouvrier à l'usine de la ville. Il a chassé la question avec la main. Pour une fois elle n'a rien dit, rien reproché. Elle a juste dit : c'était bien, aujourd'hui.

Le lendemain matin ils étaient de nouveau les deux dans la cuisine. Sa mère allait partir au travail, elle était infirmière. Avant qu'elle ferme la porte il lui avait crié depuis la cuisine : je pourrais faire comme Névé. Il l'avait entendue répondre : il faisait quoi ?

– Il voulait devenir guide de montagne.

Elle avait dit : comme tu veux. Alors Jonas avait suivi une formation pour devenir guide. Il avait repris le travail à l'usine. Et puis il avait enfin déménagé. Après ça, il est officiellement devenu guide de montagne et en fait c'est ce qu'il avait toujours fait : se réjouir de l'été et avancer. Alors il ne faisait plus que s'élancer de tout son cœur dans la belle et fausse immobilité des choses. Sans effort il avait fini par trouver un sens. Il avait fini par ressembler à un guide.

* * *

Après l'hôpital ils ont continué comme d'habitude. Paul est au magasin et Jonas est à l'usine. Galel devait être rentré dans son village. Les jours sont blancs. Par terre il n'y a pas d'ombre et on traverse la nuée. Ariel se fait vieille. Elle se déplace difficilement, tout lui demande un grand effort. Paul ne lui fait plus rien porter. Quand vient le moment de retourner à la Baïta, il prend tout dans son sac, et le reste il l'harnache sur le dos de Petite Étoile. Il leur caresse chacune le museau, avec beaucoup de tendresse il leur dit qu'elles sont bien braves. Ils quittent la ferme et pendant ce temps Jonas ferme sa porte. Ils vont en haut, ils reviennent dans le haut et aucun ne regarde vraiment devant lui. Ils ont les yeux baissés sur la voie et pourtant elle s'ouvre à eux. Ils regardent leurs pieds. C'est eux qui marchent mais on dirait que c'est le sol qui avance.

Vinciane vient à la Baïta. Elle amène des vivres parce que Paul n'a pas pu tout amener. Elle a pris des légumes, des lentilles et quelques bouteilles de vin rouge. Elle sort tout ça de sa hotte. Quand Paul voit les bouteilles il regarde Vinciane, il a un air choqué. Il lui dit : dis donc, j'ai oublié de prendre du vin. Elle lui sourit, elle lui tape gentiment l'épaule.

– Tant que tu n'oublies pas de faire le pain, lui dit-elle.

Elle remet sa hotte sur le dos. Paul lui a donné des abricots, de la truite fumée et un gros bout de fromage d'alpage.

– Tu as vu passer Galel déjà ? il lui demande avec un peu d'appréhension, qu'il essaie de cacher. Vinciane répond : non, il n'est pas venu à l'hôtel.

– Mais on l'a vu à la cabane de Rissier, on me l'a dit. Il paraît qu'il était avec un groupe de six personnes assez désagréables.

– Ah bon, mais il est par là alors, il dit et il le dit vivement.

Vinciane hausse les épaules, l'air un peu étonné elle répond : évidemment qu'il est là. Et puis elle s'en va de la Baïta pour aller retrouver l'Alsane.

* * *

Pourtant la nuit avait été claire. Mais dans le milieu de la journée il avait commencé à pleuvoir. Ça tombe fort et l'eau ressemble à des aiguilles. Jonas est arrivé juste à temps, juste avant la pluie. Avec Paul ils la regardent depuis leur banc. Là, ils sont à l'abri. Il n'y a pas de vent, juste la pluie qui ruisselle et qui frappe la terre. Ça donne un aspect délavé aux choses.

Ils se perdent dans ce dévalement. Ils boivent le vin de Vinciane, il y a un troisième verre posé sur le rebord de la fenêtre, derrière eux. Dedans, de l'autre côté de cette fenêtre, les gens se reposent. Ils boivent du thé chaud. Il ne fait pas vraiment froid. Il fait même bon. Jonas revient un peu à lui. Il se met à parler, il parle à Paul mais c'est comme s'il racontait à lui-même, il dit : une fois on s'était fait surprendre par la pluie. On avait dû marcher pendant des heures sous l'eau, on était tous complètement trempés. Le refuge était assez loin et il n'y avait nulle part où s'abriter. Alors j'encourageais ma troupe, ils avaient de la peine. Les pauvres. Y en a même un qui avait l'air de vouloir pleurer tellement il était frustré. Et tu vois, moi j'étais bien. Je veux dire, ça me faisait rien d'être mouillé. On a fini par arriver au refuge, c'était la cabane de l'Orzon et tout le monde était content d'être enfin au sec. Mais moi c'est là que j'étais pas bien. Parce qu'on s'était arrêté et j'avais pas eu froid de tout du long, et là c'était insupportable. C'était le poids des vêtements mouillés et ce froid tout à coup. Alors qu'avant je sentais rien et j'étais bien.

Il se tait, il s'arrête de parler parce qu'il a terminé son histoire. Ses yeux s'égarent de nouveau dans la pluie. Paul ne dit rien, peut-être qu'il n'a même pas écouté. Lui aussi il regarde toute cette eau.

C'est alors qu'une forme court vers eux, et puis une autre forme. Des gens dévalent la petite colline. Ils se dépêchent pour être vite à l'abri, ils sont tout près.

– C'est le groupe de Galel, dit Paul.

Jonas se met à rire et les deux se lèvent du banc. Les deux premières personnes sont là, essoufflées et trempées jusqu'aux os. Jonas leur dit en riant : on pourrait vous essorer ! Paul leur ouvre la porte de l'auberge, on lui dit merci. Trois autres personnes atteignent la Baïta, essoufflées et mouillées pareil. Tout de suite elles ôtent leurs vestes et leurs chaussures, elles se laissent lourdement tomber sur les chaises en bois et elles rient déjà d'avoir vécu cette petite aventure. Les autres qui sont là rient avec elles, ils leur disent : vous vous êtes fait doucher ! Paul leur sert à tous un thé bien chaud. Ici, à l'intérieur, il y a une belle lumière jaune un peu tamisée. La porte de la Baïta reste ouverte sur Jonas. Alors on voit ce qu'il y a derrière les murs et ce dehors est tout pâle. Et

Jonas demande : et votre guide, il est où ? L'un d'eux répond : il arrive.

Paul rejoint Jonas à l'extérieur, ils referment la porte. Ils scrutent la colline à travers la déverse. Et quelqu'un apparaît sur cette hauteur. C'est quelqu'un qui va lentement et d'ici la silhouette n'est qu'une forme avec des mouvements désordonnés. Et ce désordre c'est parce qu'il y a une jambe qui va moins bien que l'autre. Elle se traîne d'abord et puis pour faire le pas elle frappe le sol plus fort que l'autre. Et celle qui va bien soutient celle qui marche moins bien. Ça oscille à chaque foulée. Quelqu'un s'efforce de marcher parmi les fleurs blanches. C'est Galel qui boite.

Quand il arrive vers ses amis il leur sourit. Et c'est un sourire qui donne l'impression qu'il s'excuse. Il demande à Paul : tout le monde est bien arrivé ? Il doit y avoir cinq personnes.

Paul répond : ne t'inquiète pas, ils sont tous là. Ensuite il lui fait signe d'entrer. Galel passe la porte, suivi de Paul et puis de Jonas qui la ferme doucement.

* * *

Ils sont à leur coin de table, penchés sur leur assiette. Paul a cuisiné un pot-au-feu qui sent bon dans toute la salle. C'est une odeur de céleri, de carottes et d'oignons avec du laurier et du thym, du girofle et aussi un parfum de moutarde et de gros sel. Les gens mangent en silence parce qu'ils savourent, ils ne parlent que pour dire : ça fait du bien ! Et pendant ce temps Galel mange lui aussi, mais peu. Il s'est servi une toute petite portion et près de son plat il y a son verre de vin rouge qu'il ne boit pas. Paul lui demande : tu n'aimes pas ? et Galel répond que si, c'est très bon merci. Il lève les yeux de son assiette, il demande : et vous, ça va ? Alors Jonas raconte son été, les tours qu'ils a faits. Il parle du travail à l'usine, pour une fois. Un de ses collègues est parti à la retraite, on lui a fait une petite fête. Il a quitté l'usine après quarante-sept ans de bons et loyaux services. Jonas l'aimait bien, il trouve dommage qu'il arrête mais il est content pour lui. Paul, lui, parle de sa ferme. Il a fini par faire réparer le toit. Et puis il parle d'Ariel aussi, il dit doucement que c'est peut-être son dernier été ici à la Baïta. Ils se taisent. Galel murmure : oh non, parce que ça le rend triste pour Ariel et puis aussi pour Petite Étoile. Paul répond : c'est la vie. Jonas et Galel hochent la tête comme pour dire : eh oui, c'est la vie. Ensuite c'est au tour de Galel de parler. Il raconte sa saison, ses randonnées. Il y a eu celle avec les personnes désagréables, par exemple. Tous des sportifs qui lui reprochaient de ne pas aller assez vite. Ils n'arrêtaient pas de le dépasser. Galel raconte ça et il fait un son, un mélange entre un rire et un soupir. Il a essayé de marcher normalement. Il a tenté de cacher cette mauvaise jambe, mais à un moment il ne pouvait plus.

Ses deux amis l'observent un moment, Galel fait semblant de rien. Autour d'eux il y a les bruits des fourchettes contre l'assiette, le tintement des verres qui s'entrechoquent et puis le brouhaha que font les gens qui ont recommencé à discuter, qui parlent de leur journée. Un d'eux crie presque : je vous jure, j'ai vu un bouquetin ! J'avais mes jumelles !

Le repas se termine. Paul va faire la vaisselle, Jonas a entamé une partie de cartes. Galel est resté assis. Il regarde ce qui se passe autour de lui. Puis il se lève. Quelque chose se saisit de son visage quand il se met debout. Une espèce de grimace. Il recule son tabouret, il avance sa jambe droite. Jonas et Paul ne veulent pas le regarder. Mais ils ne peuvent pas s'empêcher. Galel amène la jambe gauche et il y a ce bruit qui résonne méchamment, que personne n'entend sauf eux trois. Le pied gauche tape contre le plancher. La jambe devient un pilier qui cherche son équilibre. Il fait un pas avec son pied droit, et puis il recommence avec l'autre. Il traverse la pièce et il est regardé par Jonas et Paul. Mais bientôt ils baissent les yeux. Ils n'entendent plus que ce petit bruit sourd et la porte de l'auberge qui s'ouvre et puis qui se referme. Dehors c'est la nuit. Elle est éclairée par une grande et belle lune, toute ronde. Paul termine la vaisselle, Jonas perd aux cartes. Ils se font un signe de tête, chacun à un bout de la salle, un signe qui dit : allez. Ils sortent à leur tour dans cette lueur qui révèle ce qu'on ne verrait pas autrement. Ça donne un aspect bleuté aux choses.

On est comme dans un autre endroit, un lieu calme qui aurait été abandonné par tous sauf par ceux qui sont calmes aussi. Galel est près de l'enclos, vers la jument. Jonas et Paul vont à lui.

Jonas lui crie : Galel, t'as pas fini ton verre ! et on l'entend rire. Ils sont proches de lui, maintenant. Ils sont près de ce visage bleui. Paul demande à Galel : tu as mal ?

Alors lui il hausse les épaules, il passe la main sur le large front d'Ariel. Il répond : oh non, pas vraiment. C'est pas une grande douleur. C'est juste qu'elle est là tout le temps.

Eux, ils hochent la tête. Ils voudraient que Galel les regarde. Mais ça fait un moment qu'il évite leurs yeux, qu'il les chasse. Mais à un moment il finit par dire : ça me fait honte.

Un silence, encore. Et puis Jonas s'énerve, il demande un peu bruyamment : mais comment ça ? De quoi t'as honte ? Galel hausse les épaules. Puis d'un coup il s'exclame : bon ! pour achever ce moment. Mais aucun ne bouge. Jonas et Paul sentent qu'il va dire quelque chose alors ils attendent. Et Galel rit encore, ce nouveau rire qui est comme un gros soupir en même temps. Alors il dit enfin : subir une telle casse, et pourtant c'est presque rien.

Il secoue la tête. Paul lui tape l'épaule tandis que Jonas lui dit que c'est quelque chose, quand même. C'est pas rien. Mais Galel continue de dire non avec la tête.

– C'est presque rien. Juste une blessure qui n'est pas si grave. Beaucoup se sont fait mal avant moi, bien plus que moi. Mais je suis déçu, voilà. Je suis déçu de ne pas guérir comme j'aurais aimé guérir. C'est tout.

Son visage est devenu d'un beau gris. Ses yeux paraissent très clairs, comme des billes de verre épinglées dans une statue.

– Et puis, comment continuer à marcher comme ça ? Tout bas il finit par dire : tant pis.

* * *

Ça fait que les au revoir du lendemain sont un peu difficiles. Jonas a son chapeau, sa casserole. Galel a son piolet. Juste avant il a apporté une pomme pour Ariel. Là il est temps de continuer le tour de Saingal. Cette fois Jonas passera par l'hôtel Alsane tandis que Galel commencera déjà à redescendre. Paul leur donne une miche de pain. Celle de Jonas est ornée de fleurs qu'il a sculptées avec la pâte. Sur celle de Galel il y a un gros soleil. Et ils se disent au revoir. Galel les prend dans ses bras. Il serre très fort mais pas très longtemps. Paul est un peu ému. Jonas aussi. Ils essaient de le cacher, mais Galel leur dit : oh ne commencez pas. Mais il baisse la tête, lui aussi a les yeux un peu embués. Il leur dit encore, tout doucement : je pensais que les choses viendraient à moi puisque j'ouvre les bras. Mais ça ne va pas toujours comme on veut, hein.

Jonas et Paul lui sourient du mieux qu'ils peuvent, ils hochent la tête.

– Au moins je n'aurai jamais peur que les choses me soient reprises.

Paul dit qu'ils pourront se voir en bas, Jonas approuve et Galel répond : oui, c'est vrai, il y a le bas. Ils restent un moment dans cette tranquillité du jour.

Peu à peu il efface complètement le bleu laissé par la nuit d'avant. C'est vraiment l'heure de se quitter. Galel se tourne vers sa troupe qui l'attend, il se retourne sur Jonas et Paul. Alors il dit : en tout cas, merci pour tout. Ça a été magnifique.

Puis il s'en va. Ses cinq personnes le suivent. Elles vont au même rythme que lui, mais bientôt on les voit qui commencent à le dépasser. Elles le frôlent et s'écartent de lui, elles le distancent. Et lui il ne les regarde pas, il garde la tête baissée. Il déplace la jambe gauche du mieux qu'il peut.

Cette jambe plus lourde que l'autre, plus raide que l'autre. Sa mauvaise jambe. Ce bout de corps qui trahit tout le reste. Galel va sur un monticule qui est une belle bosse dans l'étendue qui est tout sauf bleue, maintenant.

Puis il finit par disparaître pour de bon. Et ils sont restés à le regarder depuis la Baïta. Mais il faut que Jonas parte, lui aussi. Il dit : bon. Il s'assure qu'il a bien toutes ses affaires, il rassemble sa troupe. Elle attend son signal. Jonas répète : bon. Et Paul aussi dit : bon, bon. Ils se prennent dans les bras.

Quand ils se relâchent, ils disent presque en même temps : bon alors, à bientôt.

* * *

À cette heure du jour les montagnes déploient leur grande ombre et voilent ceux qui sont dedans. Celle de l'Osanne se délie sur la Baïta. Elle obscurcit le blanc des linaigrettes qui sont alors des motifs gris sur le vert sombre. On voit quelqu'un qui fait la lessive. Il met du linge sur des fils tendus, là où il y a de la lumière. Il étend des toiles épaisses, des draps et des taies d'oreiller sur le fil, il met des pincettes. Puis il retourne dans l'ombre, il va chercher un autre drap, une autre taie. Il fait des allers-retours. On le voit bien et puis moins bien, et de nouveau il est à la lumière parmi les linges blancs qui se soulèvent un peu à cause d'une brise. Pas loin il y a une jument et une petite vache noire. Elles sont sorties de leur enclos. La vache broute paisiblement et le cheval s'éloigne, il essaie de cavaler, mais bientôt il s'arrête. Il est près de l'auberge, là où c'est comme une prairie. Il marche tranquillement, il baisse la tête et alors elle frôle les herbes.

Et puis il y a l'au-delà de la Baïta. Il y a ces vastes plateaux qui ressemblent à des vagues qui se seraient figées dans leur immense mouvement. Sur ces vagues il y a des petites colonnes qui se déplacent et ce sont les marcheurs qui arpentent les deux vals. Ils vont en groupe. Dans un de ces groupes il y a quelqu'un qui est devant et qui emmène les autres. Il va vite. Ailleurs, quelqu'un va moins vite, il est une forme qui s'est détachée de la colonne. On croirait qu'il abandonne mais c'est le contraire : il continue, il persiste. Et dans son sillage une ombre noire l'accompagne. Elle flageole et le prolonge.

Il y a les autres cabanes qui sont disséminées dans les étendues et parmi elles un ancien hôtel. Deux femmes aux cheveux très longs et très noirs viennent de le fermer, elles rejoignent la plaine et ses parcelles de vignes, car c'est le temps des premières vendanges. Ailleurs il y a un troupeau de moutons avec deux chiens qui le gardent. Derrière il y a un berger qui chante et c'est une vieille chanson qui parle de semailles et de moissons. Ça raconte ceux qui sèment et ceux qui récoltent.

Il y a le plancher des deux vals, avec les villages et les villes, les champs et les vignobles. Il y a ceux qui vivent là, qui font vivre ces endroits et ceux qui les traversent. Et tout autour, parmi cet ensemble de choses, les montagnes et leur pénombre.

* * *

Le village c'est quelques maisons accolées les unes aux autres. Ce sont des chalets au bois presque noir et quelquefois ils sont illuminés par des fleurs rouges qu'on pose aux rebords des fenêtres. On accède à ces maisons par des petits escaliers parce qu'elles sont construites en hauteur. Mais il y a quand même quelques caveaux et leurs portes sont à la hauteur des passants. Et on navigue entre ces chalets sur des ruelles pavées, il y a des passages un peu partout. À un endroit il y a une espèce de cul-de-sac et là se trouve le plus petit des chalets mais aussi le plus élevé, avec le plus grand escalier. Il est lui aussi d'un beau brun sombre, mais le bois est étoilé de gerçures. Les volets sont fermés et ils grincent quand on les ouvre. Ça lui donne un aspect esseulé. En fait le village entier semble être délaissé. C'est qu'il est vide la plupart du temps.

On le quitte au matin et on y revient le soir. Mais aujourd'hui, en plein milieu de l'après-midi, quelqu'un franchit les pavés. Ça fait un drôle de bruit contre la pierre. On dirait le son d'une cloche à cause de ce mouvement qu'une cloche ferait, elle monte d'un côté et le battant frappe l'acier avec un temps de retard. C'est le bruit de quelqu'un qui rentre chez lui après une absence. On se dirige vers la maison la plus petite, on gravit les escaliers qui grincent eux aussi et toujours avec ce drôle de tintement, comme si on frappe le sol et tout de suite après on ne fait que l'effleurer. On ouvre la porte et on contemple ce qu'on a quitté et qu'on retrouve. Alors celui qui revient entre et referme la porte. Il ôte ses chaussures et puis il laisse lourdement tomber le sac qu'il portait. D'abord il regarde. C'est comme s'il pensait : ah oui, je me souviens de cet endroit. Il traverse la pièce, les planches sous lui craquent sous son poids. Il ouvre les volets pour laisser passer la lumière et puis il se penche sur la fenêtre ouverte. Il respire profondément, en fermant les yeux. La lumière s'imprime sur son visage. Puis lentement il ouvre les paupières. Il observe les maisons qui sont toutes proches, presque collées à la sienne. Le village est calme parce qu'il n'y a personne sauf lui. Alors il y a cette impression de manque qui lui vient. Il ferme la fenêtre.

Il se déplace au milieu de la pièce jusqu'à la porte, là où il y a le sac, et le son de ses pas résonne un peu contre le bois. Il commence à défaire ses bagages. Il ôte le piolet qu'il a à la ceinture.

Le soir il va se coucher dans sa petite chambre. Depuis longtemps maintenant il dort moins bien. Toutes les nuits il a une sensation de balancement. Comme des espèces de vague qui le feraient chavirer, qui le ramènent d'arrière en avant et puis d'avant en arrière. Et puis ces vagues se retirent et alors il est stable de nouveau, et puis ça revient encore. Il est allongé et c'est comme si le corps était en mouvement, même s'il ne bouge pas du tout. C'est les mouvements d'un corps qui refuse d'être endormi parce qu'il se souvient de ce qu'il faisait le mieux : marcher.

* * *

Et plus loin il y a Paul et Jonas. L'un a retrouvé son village, sa ferme et le magasin. L'autre est revenu dans sa ville, dans son appartement, et a recommencé le travail à l'usine. Tous les matins, tous les jours sauf le samedi et le dimanche. Les habitudes les ont repris. Parce que le travail doit être fait, l'argent doit être gagné, la vie doit être vécue. Sans le vouloir ils dépendent de ces répétitions.

Alors ils vivent un peu malgré eux. De ça ils ne se rendent pas compte parce qu'ils n'y pensent pas. S'ils y pensaient ça leur serait égal. Et cette indifférence altère leurs jours. Les jours se ternissent de tout ce détachement. Le temps passe et ils oublient au fur et à mesure ce qu'il y a eu les jours d'avant, et surtout comment ils étaient il n'y a pas si longtemps : insouciants et profondément présents parmi le monde, puisque c'était leur monde. Ils ne pensent même pas à la Baïta. Mais quelquefois, quand le soleil répand délicatement sa lumière sur leur maison, ils se souviennent de Galel. Il est une image qui apparaît dans leur cerveau. Elle dure un instant, un court moment seulement où ils se sentent apaisés. L'image s'efface dans un rayonnement et alors ils se sentent ressourcés. Après, ça repart. Ils ne pensent plus à rien, ils s'oublient dans le rabâchement du quotidien.

Mais un jour ils se souviennent l'un de l'autre.

* * *

Les arbres sont couverts de lichen, ça fait comme de grosses toiles d'araignée sur les branches. Les sols sont recouverts de neige. Il a fait très froid la nuit d'avant alors il y a une fine pellicule de givre, ça brille. Il y a un grand soleil et on marche sous lui. Ça fait deux grandes et belles ombres par terre. Depuis les deux bouts de jour et la nuit bleue à la Baïta, depuis que la saison estivale est finie, ils se rejoignent de temps en temps. C'est venu tout naturellement. C'est Paul qui avait appelé Jonas en premier, c'était le moment où les arbres changent délicatement de couleurs. Il avait téléphoné à Jonas, il avait proposé qu'ils se voient. Jonas avait demandé : pour quoi faire ? Ça avait fait rire Paul, gentiment. Ils s'étaient retrouvés à mi-chemin pour faire une randonnée. Ils s'étaient retrouvés l'un en face de l'autre, timides. Jonas avait fait une bourrade à l'épaule de Paul et ils s'étaient mis à marcher. C'était un trajet qui coulait près d'une rivière. Très vite ils sont sortis du chemin balisé, ils ont cherché à se perdre un peu. L'un suivait l'autre, puis le contraire et pour finir ils allaient côte à côte. Alors finalement ils ne font que marcher quand ils sont ensemble.

Ils connaissent bien tous les endroits, ça fait qu'ils se permettent de ne pas suivre de route. Et parfois il y a Vinciane qui vient. Parfois elle emmène sa fille qui lui ressemble tellement et qui s'appelle presque comme elle : Viviane.

Aujourd'hui ils sont les deux et Jonas porte son chapeau en cuir. Sur le dos un sac avec une bouteille d'eau fraîche, une grande Thermos d'eau chaude, deux bols, deux cuillères, un gros morceau de fromage et puis deux sachets de soupe. La casserole pend sur un côté du sac et de l'autre, la louche. Ça se balance au rythme de ses pas. Paul aussi a un sac. Dedans il y a une bouteille d'eau et une bouteille de vin, une petite casserole et un petit réchaud, deux grosses tasses en porcelaine, une miche de pain de seigle. Aussi, des bâtons de cannelle, une orange, du sucre brun, quelques clous de girofle et un couteau. Ils marchent l'un à côté de l'autre et en silence. Ils sont partis tôt le matin.

Ils ont accroché des raquettes à leurs chaussures. Ils sont à l'aiguille du Suleg qui est un monticule blanc parmi toute la blancheur. Bientôt cette neige est estampée d'empreintes en forme de perle, quadrillées au milieu.

À midi Jonas dit qu'il a faim, ils s'arrêtent. Ils trouvent un rocher à peu près sec, ancré sur la pente. Ils s'installent là. Alors Jonas verse l'eau de la Thermos dans sa casserole, il la fait bouillir sur le réchaud et puis il verse les deux sachets de soupe dedans. Paul tranche le pain avec son couteau. Il en tend un bout à Jonas, il observe le pain pendant un petit moment. Quelque chose le fait sourire. C'est la tranche qui est bien coupée. Paul sourit lui aussi, et alors il dit : c'est dommage qu'il n'ait pas voulu venir. Jonas dit oui. Ils mangent la soupe et le pain, ils boivent leur eau. Galel ne vient jamais. Il paraît qu'il boite très fort, maintenant. Quand on l'appelle pour l'inviter il dit toujours la même chose : il n'ose pas mais peut-être la prochaine fois.

Jonas dit encore, tout bas : dommage. Il se remet à manger, c'est de la soupe à l'avoine. Chacun regarde devant lui. D'ici on peut voir la plaine du val de Lesiùn, on peut voir les villes et les villages. Mais surtout on voit ce blanc de la neige qui semble polir chaque recoin et qui cache chaque cratère. Quand on inspire très fort, l'air ravive la gorge et les poumons. Ça sent bon de ne sentir rien, c'est une odeur d'eau fraîche.

Avant ils demandaient tout le temps à Galel de venir avec eux. Mais à chaque fois Galel disait qu'il avait mal et que ce ne serait pas très marrant pour eux. Alors ils proposaient qu'ils fassent autre chose mais alors il disait qu'il n'avait pas de temps. Il y a bien eu ces quelques fois où ils sont allés jusqu'à son village, sans le prévenir. Ils sont allés à sa maison, la plus haute du village et pourtant la plus dissimulée. Ils venaient avec des bouteilles de vin, des saucissons secs, du fromage, de la liqueur, n'importe quoi pour qu'ils n'aient pas les mains vides. À chaque fois ils se retrouvaient derrière une porte fermée avec personne à l'intérieur. Galel n'était jamais là. Alors ils laissaient leurs espèces de cadeaux devant sa porte et repartaient. Ils ont fait ça assez souvent. Et là ils se taisent. Ils savent qu'ils ont été soulagés à chaque refus de Galel. Ni l'un ni l'autre ne voulait le voir qui s'éteint. Alors ils n'osaient jamais insister quand il leur disait non. D'abord ils étaient déçus de toutes ces faiblesses, leur découragement à tous. Mais ils respectaient aussi le vœu muet de Galel : celui de ne pas être vu. Mais il leur manquait. Ils n'en parlaient pas. Et puis finalement, lentement, ils ont commencé à penser à lui comme on pense à un très, très bon souvenir.

Ils terminent leur bol, ils le nettoient avec des morceaux de pain. Paul remet le réchaud dans son sac, Jonas range les bols et la casserole et il dit : allons-y. Ils continuent de semer leurs traces derrière eux. Ils commencent à redescendre avant que la lumière ne décline. Mais la nuit tombe déjà quand ils s'arrêtent pour préparer le vin chaud. Ils le boivent en regardant la lune et les étoiles, ils réchauffent leurs mains contre leur tasse. Quand ils respirent ça fait un petit nuage devant leur visage. Ils n'ont pas froid, ils sont bien, ils se sentent allégés de toute chose. Ils restent longtemps.

Quand ils descendent tout à fait ils ont un bon goût de vin épicé dans la bouche. Ils se séparent en se disant que la prochaine fois ils iront faire la balade du Cerf, et puis ils mangeront à l'auberge du Grand Roi. Ils retournent chez eux. Ils sont de bonne humeur.

Au fond d'eux ils ont une sensation de plein, comme après un bon repas. Et c'est dans cette humeur qu'ils vont faire la balade du Cerf, puis ils en font une autre quelques jours après. Et puis un autre tour, une autre journée et encore une autre journée, un autre trajet qu'ils ne connaissaient pas alors ils trouvent de nouveaux repères. Ils contournent leurs montagnes, mais aussi ce qui se trouve au-dessous d'elles.

* * *

Et au-dessus de tout ça, dans ce qui paraît le plus haut possible dans cette région, se trouve un gîte. C'est un vieil endroit auquel on n'a pas donné de nom. Si on devait en parler on dirait simplement que c'est la cabane Orsinal, comme la montagne sur laquelle elle est flanquée. Elle est tout en pierres, et ça fait que, là où elle est, on peut ne pas la voir. On pourrait passer à côté sans remarquer qu'il y a là un abri où se reposer. Il se confond avec les couleurs des roches. C'est comme un désert un peu violet, un peu vert, surtout gris, un immense jardin de cailloux qui bordent l'unique porte. Elle est une ouverture dans ce violacé, ce gris et vert, dans ce mur de pierre. Le gîte a été construit il y a longtemps et il est en totale cohérence avec le lieu. C'est comme si la roche s'était agglutinée sur le gîte, s'était formée autour de ses pierres à lui en épousant ses contours à lui. En fait il est construit sur une petite plate-forme, avec un grand rocher derrière qui se confond avec la pente. Pour rejoindre ce lieu il n'y a pas vraiment de chemin. Ou alors, tout est chemin. C'est qu'on doit faire de grands pas sur les blocs de pierre, on bondit de l'un à l'autre pour se retrouver devant la porte. Elle n'est jamais fermée à clé, il n'en existe pas puisqu'il n'y a pas de serrure. Et derrière cette porte il y a un premier étage, celui sur la plate-forme. Là ce sont quatre murs avec une table en bois et des bancs, et tout près une petite cuisine ouverte. Entre les deux il y a un gros coffre en bois posé par terre et des couvertures dedans. Quelques fenêtres minces laissent passer la lumière du soleil. Il y a un poêle dans un coin avec du bois pour faire le feu. Il fait frais ici, c'est un froid minéral qui occupe tout l'espace. Il y a un escalier aussi, dans un autre coin, et c'est pour aller au deuxième étage. Et à cet étage-là il fait froid aussi, on a mis un radiateur électrique près des lits. Il y a quelques couchettes parce que c'est là qu'on dort. Si on veut se doucher ou aller aux toilettes, on va dehors. On a construit, avec des plaques en tôle, une salle de bains un peu rustique mais où l'eau est courante. C'est un endroit où s'arrêtent les alpinistes, surtout. Parce qu'il se trouve au pied de l'Orsinal et cette montagne défie les grimpeurs avec ses versants de gneiss d'un beau gris sombre et brillant. Plusieurs ont fait ces ascensions, plusieurs ont fait cette lutte pour atteindre un sommet d'autant plus majestueux qu'on s'est battu pour le rejoindre, à l'aide de crampons, de baudriers et de mousquetons, de piolets et de cordes. Les parois se sont recouvertes d'une multitude de prises, invisibles à l'œil nu. C'est ce que les alpinistes laissent derrière eux, et qui à elles seules prouvent que des gens sont passés par là.

* * *

Mais il y a aussi de simples marcheurs qui peuvent venir au gîte Orsinal. À quelques heures de là, à quelques centaines de mètres de dénivelés plus bas, il y a une autre cabane. C'est la cabane du Bouquetin et elle est plus grande et plus moderne. Elle est tenue par le Club Alpin. Elle est une halte dans le tour du Mont-Gris, qui demande une semaine de marche. Certains font un aller-retour jusqu'à la petite cabane, celle qui est plus haut encore, à plus de trois mille mètres d'altitude. Ils font ça pour admirer les paysages rocailleux mais aussi pour le défi de rallonger leur route. Ils rejoignent la cabane et puis ils redescendent pour dormir au Bouquetin.

Ici, qui veut vient. Mais en fait cette petite cabane Orsinal est souvent vide. Souvent on la croise sans même la voir et sans même savoir qu'elle existe. On voit les gens qui passent au travers des fenêtres et elles sont alors des cadres qui s'ouvrent sur ceux qui ne s'arrêtent pas. Du dehors elles sont de simples miroirs qui réfléchissent les lueurs grises de la montagne.

Les gens qui aiment cet endroit s'y arrêtent parfois, ils y passent une nuit, peut-être deux.

Souvent ils viennent ici pour dévoiler cet endroit caché. Ce sont des mères et des pères qui font découvrir le lieu à un enfant. Et presque à chaque fois cet enfant s'enracine dans le paysage. Ce sont ceux-là qu'on appelle des vrais montagnards. Pas seulement parce qu'ils habitent dans ces régions escarpées. Pour ça ils n'ont pas eu le choix. Puisqu'ils sont nés là. Puisque c'est d'être parmi les montagnes qui leur est naturel. On appelle montagnard celui qui aime être là simplement parce que c'est chez lui et que pour rien au monde il irait ailleurs. Et là plus que n'importe où, parmi cette masse sauvage de l'Orsinal, l'enfant devient montagnard comme sa mère, comme son père et comme son grand-père, comme sa grand-mère et tous ceux avant.

Et puis il y a ceux qui cherchent à être seuls. Ceux qui viennent là n'ont souvent pour seule compagnie que leur propre voix, parce qu'ici il y a un écho puissant. On peut crier n'importe quoi et on l'entendra fort et beaucoup.

Et là ce sont les premiers jours du mois d'avril. Il y a encore des tapis de neige épars, ils sont clairsemés un peu partout autour de la cabane. Elle n'a pas été visitée depuis longtemps. Le dernier occupant, c'était Galel. Parce qu'il était venu après le gros de l'hiver, début mars.

Ça l'avait pris d'un coup. Ça faisait longtemps qu'il n'avait pas fait une marche. En tout cas ça lui semblait très, très lointain. Parce qu'en été dernier, après la Baïta, il avait complètement arrêté pour se préserver de sa blessure endormie. Il avait essayé de se calmer. Il avait essayé de calmer les violentes pulsations qui drainaient son cœur à chaque fois qu'il se disait : tu ne dois plus marcher.

Et son village prenait des allures spectrales. Sa maison aussi. Puisqu'il croyait perdre petit à petit tout ce qui faisait Galel. Sa peau avait pris une teinte cendrée. Ses cheveux avaient légèrement foncé, ils avaient perdu l'oriflamme du blé. Ses yeux n'évoquaient plus la fraîcheur d'avant. Et quand on le voyait dans la rue ce n'était pas non plus comme avant. Il ne marchait plus avec ce mélange d'abandon et d'aplomb à la fois. En fait il ne faisait que se déplacer d'un bout à un autre bout. C'était tout. Des voisins lui disaient qu'il était bien courageux. Ça ne devait pas être évident de se réorienter.

Galel ne répondait rien, il souriait gentiment. Et pendant qu'il se transportait lui-même il se souvenait des légendes que racontaient les vieux de son village.

Ces histoires qui parlent d'ombres rôdant dans les montagnes. Ces ombres qui sont ce qui reste des morts. Elles prolongent un reste de vie, les jours et les nuits de ceux qui n'avaient pas terminé ce qu'ils voulaient accomplir. Alors ils revenaient hanter les endroits où quelque chose, un jour, les avait fait basculer dans l'infini. Ce sont des histoires de condamnés. Ce sont des légendes qu'on raconte aux enfants. Mais les adultes, quand il s'agit de cette peur de l'inachevé, ont alors cette fragilité qu'ont les enfants. Et alors Galel avait eu peur. Pas tout de suite, ça lui était venu lentement. Il ne dormait pas très bien. Sa jambe gauche, la mauvaise, ne lui faisait pas mal. Mais c'était comme si elle ne faisait plus partie de lui. C'était une chose qui lui permettait d'être debout. Il ne boitait pas. Alors quand on le voyait errer aux alentours c'était comme s'il n'y avait aucun réel changement.

Et pourtant Galel faisait attention à ne pas s'appuyer trop sur cette jambe-là, et pourtant il limitait ses pas aux abords du village. Puisqu'il savait que s'il forçait trop, le genou lâcherait. Alors au lever du jour et jusqu'à chaque tombée de nuit, une menace l'accompagnait.

Un jour il en a eu marre. Il s'est dit : ras-le-bol. Ça lui a pris à l'aube d'un matin. Il s'est habillé avec son vieux pantalon râpé, son pull rapiécé. Sur sa tête il a mis un vieux bonnet de laine bleue. Il a sorti son gros sac à dos du petit placard de sa chambre et dedans il a mis une couronne de pain, un bloc de fromage, trois grandes gourdes remplies d'eau et une bouteille de bière, son couteau, de la ficelle et aussi des gants, une veste coupe-vent et antipluie, du papier journal et des allumettes. Il a pris quelques bûchettes, il les a mises dans le fond du sac. Il a chaussé ses souliers. Et pour finir il a décroché le piolet du mur. Quelque temps avant il avait posé deux clous et l'outil tenait en équilibre dessus, sur la cloison. Ce jour-là il l'a remis à sa ceinture. Et Galel est parti. Il savait très bien où il voulait aller.

Pour aller à la cabane Orsinal depuis le village, il faut un jour entier si on ne s'arrête pas et qu'on va vite. Et Galel était pressé d'y aller. Ça faisait tellement longtemps qu'il n'y était pas retourné.

Dans l'aube on aurait pu le voir qui fermait la porte de son chalet et ça grinçait un peu, on a pu entendre le craquement des marches d'escalier. Et puis ce son particulier sur les pavés, ce bruit sourd qui annonce que c'est Galel qui marche là. Il a suivi la route goudronnée, celle qui va direction le Mont-Gris. Après environ une heure elle devient un large chemin de terre et puis très vite elle finit par n'être qu'un fil parmi l'herbe. Galel était déjà loin quand le soleil a complètement apporté sa chaleur. Il avançait tête relevée, il nouait ses mains autour des lanières de son sac à dos pour soulager les épaules et les omoplates. Il marchait comme il savait le faire, c'est-à-dire lentement et en pliant soigneusement les genoux. Ça donne la sensation d'une totale adhérence au sol. Ça fait qu'on peut avancer des heures et des heures au même rythme. Comme ça on peut abattre un tas de kilomètres sans se fatiguer. Et pourtant une impatience le meurtrissait. Mais il faisait une enjambée, une autre et encore une autre, toujours à la même cadence. Et dans cette avancée, tandis que le fil de terre serpentait toujours plus haut, Galel avait commencé à sourire. Alors on voyait les jolies plissures au coin de ses yeux. Une rafale a soulevé quelques mèches de ses cheveux qui étaient plaqués sur son front à cause du bonnet. Il se tenait droit, il a lâché les lanières de son sac pour laisser tomber ses mains ouvertes près de lui.

Il allait toujours au même pas quand il a levé le visage vers le beau rayonnement du jour. Il fermait les yeux, il respirait profondément tandis que sa figure était pleine de soleil. Et derrière ses paupières il y avait tous ses souvenirs. Il se revoyait avec sa grand-mère. Il a rouvert ses yeux mais il voyait quand même ce jour où il a découvert la cabane Orsinal. Parce que c'était avec elle. Elle allait derrière lui, avec sa démarche tranquille et endurante. Lui il allait vite, il bondissait dans le chemin, le quittait pour aller sur l'herbe et puis il y revenait et puis en sortait encore. Toute son énergie de jeune enfant se décuplait à mesure qu'ils prenaient de l'altitude. Il était émerveillé de tout ce qu'il voyait. Il y avait des fleurs partout et il aurait aimé en cueillir, mais il savait que ça ne se faisait pas. Alors, à la place, il a ramassé un grand bout de bois un peu tordu qui se trouvait là, un long bâton presque complètement lisse. Il était heureux de sa trouvaille, il marchait fièrement avec son nouveau bâton comme il avait vu faire certains. Il le lançait au-devant de lui, le plantait dans le sol et en quelques pas il le dépassait et puis il recommençait. Sa grand-mère devait le rappeler à l'ordre, canaliser sa vigueur d'enfant, alors elle lui racontait des histoires. Elle racontait l'histoire du grand-père qui était guide, mort dans une avalanche. Celle de son fils, le père de Galel, guide lui aussi, qui avait déroché alors qu'il était premier de cordée. Mort en montagne, et pourtant il faisait bien son métier, il était bon. Galel écoutait, il calait ses pas sur ceux de sa grand-mère. Ils montaient. Alors ils étaient parvenus là où l'écho est plus fort que n'importe où. Galel lançait des cris qui se répercutaient dans ce parvis de pierre et sa grand-mère riait et lui aussi il riait. À un moment elle avait lancé : Galel ! Il l'avait imitée. Et tous ces Galel résonnaient dans la montagne et on aurait dit que ça n'allait jamais se taire.

Il pensait à ça quand ça s'est réveillé. Il a ressenti comme une grande dislocation. Il a senti la douleur. Il est presque tombé tellement ça l'a surpris. C'était comme si une aiguille transperçait son genou ou une morsure profonde. Il a dû s'arrêter. Il ne bougeait plus et il tenait le pied gauche légèrement au-dessus du sol, juste un peu. Parce qu'il avait l'impression que s'il reposait le pied par terre sa jambe se casserait en deux, à la hauteur du genou. Alors il est resté comme ça un instant, en équilibre sur une seule jambe. Puis il a pris une profonde inspiration. Il a reposé le pied et rien ne s'est brisé. Mais il y avait toujours cette horrible sensation de fragilité. Il regardait droit devant lui, tout ce qui lui restait à parcourir. Il s'est retourné et il a vu tout ce qu'il avait déjà fait. Il était à peu près au milieu de l'itinéraire. De nouveau il a respiré un grand coup. Il a fait un pas avec le pied droit, il l'a affermi sur la terre du mieux qu'il a pu, il s'est appuyé dessus pour ramener le pied gauche devant. Il a recommencé. Il a continué la route. Il y avait quelques buissons avec des épines, un peu d'herbe jaunie par l'hiver. Et la fine route s'ouvrait devant lui, et bientôt elle disparut tandis que des paysages familiers apparaissaient lentement. On était au moment du pierrier. Là, il n'y avait que des vestiges de gigantesques éboulis, des amas de roches froides. Ça ne ressemblait à rien, ce n'était rien que des aplats de couleurs minérales. Pourtant Galel reconnaissait tout. Il revoyait tout. Il transpirait sous son bonnet bleu. Son dos était humide et aussi sous les aisselles, la paume des mains. Maintenant la jambe gauche était engourdie. L'autre, elle tremblait à cause de la contraction de l'effort. Et Galel savait très bien qu'il lui restait à franchir ce mur pour aller à la cabane. Il fallait faire encore pas mal de dénivelés, et puis après il fallait encore marcher pour atteindre la fin.

Une goutte de sueur a roulé du front jusque sur la joue et puis elle est tombée par terre, à ses pieds. Il a mis son poids sur son côté gauche. Ça lui a fait fermer les yeux, fort, parce que ça lui faisait mal. Ensuite il a fait basculer le poids sur cette jambe-là, il s'est soulevé. Puis il a plié le genou gauche pour se hisser encore. Il a fléchi le genou, il a fait une grande enjambée. Le pied gauche a atterri sur un gros bloc violâtre qui a un peu bougé. Galel s'est hissé. Il pleurait presque parce que ça lui avait fait tellement mal. Mais il a refait le même mouvement avec la jambe droite, sa bonne jambe, et alors il a gravi le pierrier sans s'arrêter parce qu'il voulait en venir à bout.

Et dans ce grand désordre de cailloux, Galel avançait. Il s'est un peu aidé de son piolet, mais l'acier ne trouvait pas vraiment de prise. Alors très vite il l'a rattaché à sa ceinture, il a fait sans.

Quand on termine cette montée on se retrouve devant un terrain plat, toujours jonché de rocs. Et puisque c'est plat on voit au loin la petite cabane Orsinal, à côté de sa montagne monumentale. Galel s'est arrêté. Il fallait qu'il récupère. Parce qu'il tremblait tout entier à présent. D'un mouvement de coude il a séché ses yeux. Il a bu un peu d'eau. Il a remis son sac sur les épaules et il est allé à la cabane. À chaque foulée on aurait dit qu'il allait s'affaler d'un côté. Et puis il en a eu fini. Il était devant la porte et il l'a ouverte.

Avant tout il a déposé ses bûches dans le poêle avec le papier journal, il a fait du feu. Seulement après il s'est assis près d'une fenêtre. Il faisait sombre, c'était presque la nuit. Il a ôté ses souliers. Il a mangé le fromage et le pain, il a bu la bière en regardant à travers la vitre. Il ne pouvait plus plier la jambe alors il était assis d'une telle façon qu'elle était allongée près de lui. Elle était transie, toute raide. Elle lui faisait mal et il pensait qu'il refusait cette douleur pour de bon. Il ne voulait pas vivre comme ça.

Pour éclairer il n'y avait rien que la flambée du poêle. Les ombres paraissaient démesurées. Dans un coin de la pièce un grand bâton était posé, appuyé contre le mur. Ça devait être un morceau de bouleau qu'on aurait taillé, qu'on aurait laissé derrière soi. Il était lisse, arrondi aux deux bouts, léger mais solide. Le bois était devenu presque complètement blanc. Ça faisait presque comme une clarté dans cette pièce. Galel s'est levé. Il a grimacé mais il est allé récupérer le bout de bois. Juste comme ça, sans raison, il voulait peut-être seulement le sentir entre ses mains. Il était alors debout au milieu de la pièce. Il était face à la porte, et à côté d'elle il avait déposé son piolet. Son sac était ouvert sur le banc, et il y avait l'épaisse ficelle qui dépassait et c'est une ficelle tellement résistante qu'on dirait de la corde. Galel regardait ça. La corde, le piolet, le bâton.

Il a commencé à neiger. D'abord quelques flocons et puis tout plein. Il n'y avait pas de vent, ça tombait droit. Galel regardait. Ça faisait comme des guirlandes blanches. Elles étaient parfaitement alignées, par couche. Il s'est amusé à essayer de fixer son regard sur un point précis, ça faisait une drôle d'illusion optique. On se perdait à regarder ça. Tout devenait flou et quand on reprenait conscience on voyait distinctement tous les différents flocons. Et puis on s'égarait de nouveau. Ça ne cessait pas, sur le toit on entendait un son calfeutré, très doux. Il y avait un tel silence que Galel se perdait partout, complètement. Il avait fini de manger. Il avait terminé sa bière et il pensait à Jonas, à Paul. Il s'était dit : ils sont comme moi. Ils aiment la montagne simplement parce qu'elle est là. Puisqu'on est là, nous aussi.

Il a haussé les épaules, tristement. Il s'est demandé s'ils allaient comprendre. Il s'est dit encore qu'il aurait aimé les revoir au moins une dernière fois.

Pendant ce temps la neige emmurait la cabane. Galel s'était dit : si je sortais maintenant je rentrerais avec de grands sabots de neige.

Il y a eu un peu de vent qui a fait tinter la cabane. Galel s'est remis à regarder la ficelle, le bâton et le piolet, et puis encore le bâton, la ficelle, le piolet.

* * *

Il y a donc eu cette tombée inattendue, un dévalement de neige assez tard pour la saison. Mais finalement il y a eu le retour de l'été. Maintenant l'air se fait plus lourd tandis que les couleurs éclatent de partout. Ça grésille à cause des insectes, les paysans sont à suer aux champs ou alors ils rejoignent les alpages avec leurs vaches. Là-haut il y a plus de place pour les bêtes. Ainsi ils sauvegardent l'herbe des prés de leur ferme. Là-haut ils emportent le strict minimum alors ils sont plus légers que d'habitude. C'est le moment où on rejoint les montagnes pour mieux respirer. Et c'est aussi le moment de revenir tranquillement à la Baïta. Paul est accompagné de Petite Étoile, seulement d'elle. Une fois là-haut il a vu Josef. Il l'a même vu deux fois : la première fois c'était tout au début de la saison, un jour après son arrivée à la cabane. Il n'y avait que deux clients, deux alpinistes. Josef était venu avec son troupeau et ses chiens et tous ensemble ils avaient partagé un repas et puis de la liqueur de génépi. Les alpinistes et le berger avaient quitté l'auberge tôt le matin. La deuxième fois que Josef est venu il apportait une toute petite statue en bois. Un petit cheval pour Paul. Et puis il était reparti pour de bon parce qu'il voulait rester aux alentours de son village cette année.

Et il y a ce défilement de gens, comme toujours. Il y a toutes ces brèves rencontres, il y a le pain à faire, les repas à cuisiner, les lessives à nettoyer. Tout ça dans cette précieuse alcôve grise, bleue et blanche, dans cette cabane qui n'en est qu'une parmi les autres. Paul attend patiemment la venue de Jonas. Comme d'habitude il se réjouit, mais autrement que d'habitude, puisqu'il sait maintenant qu'ils se verront ailleurs et souvent. Mais quand même il a hâte.

Un soir il fait un feu. Les visiteurs se regroupent autour et font griller des bouts de viande et du maïs. Il fait encore bon, c'est la fin du mois d'août et cette année il a fait très chaud tout l'été. On boit de la bière, on raconte ce qu'on fait quand on n'est pas là, les métiers et les occupations. On parle aussi de ce chamois qu'on a vu si proche, de ces oiseaux qui ont survolé le chemin pendant tellement longtemps et qui à eux tous ressemblaient à une immense flèche.

À chaque fois que les flammes semblent s'éteindre, Paul les ravive. Il tisonne les braises, ça reprend. Ça recommence à défaillir alors il bouge encore les branches et ça fait un petit craquement. Ça sent bon la fumée et elle s'élève en ondulations jusque dans la nuit noire. Un à un les gens commencent à trembler parce que le froid est venu. Un à un ils se lèvent et quittent le rond qu'ils avaient fait autour de la flambée. Ils vont dans l'ancienne bergerie, ils vont dormir.

Demain ce sera une autre chaude journée avec beaucoup de kilomètres et de dénivelés. Paul reste seul devant le feu. Et ce petit brasier lui brûle les yeux comme le ferait le soleil.

* * *

Jonas arrive très tôt le lendemain, beaucoup plus tôt que normalement. C'est comme s'il avait couru et les neuf personnes avec lui se dépêchent de le suivre. Ils arrivent à la Baïta en début d'après-midi. Jonas retrouve Paul qui, à ce moment, est hors du monde, il est dans ses pensées dans le chambranle de l'auberge. Il s'est appuyé contre l'ouverture de la porte et il a les yeux baissés sur un bout de tissu. C'est une nappe blanche qui a un trou, un petit trou avec les bordures brûlées, alors ça fait du brun et noir sur le blanc. Paul recoud le trou, il perce la toile avec une grosse aiguille et il fait des lacets avec un fil noir. Il est penché là-dessus, sur ce qu'il fait, et il revient brusquement au monde quand Jonas l'appelle du versant de la colline. Alors il rit, il crie : ben dis donc, le voilà déjà ! Il lâche ce qu'il faisait avant, il dépose la nappe avec l'aiguille et le fil sur une table à l'intérieur de l'auberge. Il va à la rencontre de Jonas et lui aussi rit gaiement. Ils se serrent la main et en même temps, avec l'autre main, ils claquent l'épaule en face de la leur. Paul demande : tu es venu en hélicoptère ou bien ? Et puis tout de suite il accueille les gens de la troupe de Jonas, ils sont tous presque hors d'haleine. Jonas s'installe sur le banc de bois, le même que toujours, tandis que Paul sert de l'eau fraîche aux nouveaux arrivants et il explique où se trouvent les dortoirs et les douches. Et puis après un petit moment il sort avec un grand plateau de viande séchée, de petits oignons et de cornichons, de pain, de tranches de fromage et de beurre. Sur le plateau il y a aussi une bouteille de vin rouge et plusieurs verres. Il fait un signe à Jonas, qui signifie : viens ! Jonas se lève du banc, il prend le verre que lui tend Paul et ils boivent. Des gens les rejoignent, ils prennent aussi un peu de vin, ils mangent un morceau de pain et de fromage et ils discutent entre eux. Ils se sont assis sur les longs bancs de chaque côté de la table, Jonas et Paul restent debout près d'eux et Jonas raconte sa journée et puis Paul parle de la sienne. Et toutes ces voix créent une joyeuse résonnance aux alentours de la cabane.

Après ça il est encore très tôt alors Paul et Jonas décident de faire un petit tour au-delà de la Baïta. Ils vont à travers les petites fleurs blanches, ils gravissent la belle colline bleue et ils avancent, ils ne vont pas vite mais pas lentement non plus. Ils sont dans les reliefs de l'Osanne, dans les creux et les hauteurs qui s'enchâssent à ces creux. Ils se déplacent l'un à côté de l'autre, presque en même temps, et leurs bras vont derrière eux puis devant et ils refont le même geste. C'est comme s'ils se tiraient avec une corde, comme s'ils avaient lancé puis cloué une grande corde dans le paysage devant, et ils vont dans ce paysage. Ils marchent et ils voient qu'ils ont un peu changé depuis l'année dernière, depuis la dernière fois qu'ils étaient là ensemble. Ils n'avaient pas remarqué avant. C'est comme si le changement s'était fait d'un coup alors qu'il a fallu une année entière.

Paul a les cheveux presque complètement blancs maintenant. Le visage de Jonas est plus marqué, deux grosses rides ébrasent son front. Chacun pour soi ils pensent qu'ils ont vieilli. Ils ont vieilli, mais pas leurs yeux. Parce qu'eux n'ont pas d'âge. Ils s'ouvrent grandement sur ce qu'il y a devant eux, ils puisent dans ce qu'il y a devant eux. Et tout ce devant se renforce d'être vu. Tout à coup, doucement, un vent se lève et c'est celui qui descend du col Lavorar.

Ils continuent de marcher avec toujours ce long mouvement des bras qui entraînent les jambes. À un moment Paul arrête Jonas, il lui montre quelque chose du doigt et il dit : regarde ! C'est une marmotte qui est là-bas, assez loin. Elle se tient toute droite, elle les a sûrement entendus. Et alors elle lance un sifflement perçant. Jonas met deux doigts entre ses lèvres, le pouce et l'index, et il siffle à son tour. La marmotte disparaît. Il y a un instant de silence. Et alors on entend un autre sifflement. Ça sort de nulle part. Jonas siffle une deuxième fois et on lui répond. Le son ondule un petit moment dans le vent. Et puis encore un autre sifflement, il aiguise l'air tout autour.

Jonas et Paul regardent, mais d'abord ils ne voient pas d'où ça vient. Puis soudain c'est comme si une espèce de lueur surgissait dans la lumière du jour, et alors ils aperçoivent une forme là-bas qui rayonne sous le grand soleil. Une forme qui balance légèrement d'un côté et lourdement de l'autre. Une silhouette avec une bonne jambe et une mauvaise jambe et à côté de la jambe gauche, celle qui va moins bien, une canne qui ressemble à un piolet ou alors un piolet qui ressemble à une canne. C'est un grand bâton bien solide et il y a un piolet qui est noué au bout. Et on s'appuie sur ça pour avancer. Et on avance tellement bien malgré la mauvaise jambe, en fait c'est presque grâce à elle qu'on va si bien, finalement. On siffle de nouveau. Et on entend un éclat de rire. Alors on rit aussi.

Achevé d'imprimer en 2022
sur les presses de l'imprimerie Slatkine
à Genève (Suisse).